Gran Angular

Ch. Grenier-W. Camus

Cheyenes 6112

ediciones sm Joaquín Turina 39 28044 Madrid

Colección dirigida por **Emilio Ortega**

Primera edición: marzo 1980
Segunda edición: septiembre 1984
Tercera edición: diciembre 1985
Cuarta edición: octubre 1986
Quinta edición: noviembre 1988
Sexta edición: septiembre 1991

Traducción del francés: *Teodoro Larriba*
Fotografía de cubierta: *Baunez/Sipa Press*
Diseño de cubierta: *Estudio SM*

Título original: *Cheyennes 6112*

Joaquín Turina, 39 - 28044 Madrid

Comercializa: CESMA, SA - Aguacate, 25 - 28044 Madrid

ISBN: 84-348-0825-0
Depósito legal: M-31336-1991
Impreso en España/Printed in Spain
Imprenta SM - Joaquín Turina, 39 - 28044 Madrid

En el año 6112, los hombres no vivían ya diseminados por toda la tierra. Una serie de acontecimientos habían cambiado totalmente la vida de la población del globo. Después de los primeros balbuceos científicos que habían seguido al Renacimiento, se había consolidado, hacia 1850, la «era de la Tecnología». Siguió inmediatamente la «era del Petróleo». Después del año 2000, los grandes industriales tuvieron que hacer frente a la «Gran Polución», y asegurar la superviviencia de la Tierra casi durante cuatro siglos. En este clima de pánico, había que proporcionar a los hombres una atmósfera respirable. Los grandes industriales decidieron de una vez por todas aislarlos de los peligros exteriores.

Y este fue el comienzo de la «era de las Burbujas».

La población de todos los continentes fue reunida bajo cuatro inmensos globos. Equipos especializados surcaron todo el planeta para asegurarse de que no habían olvidado a nadie. Sólo algunos irreductibles que creían poder seguir viviendo aún rehusaron refugiarse en las ciudades. A ésos se les abandonó a su triste suerte...

A causa de los estragos pasados, la población de la tierra había disminuido mucho. En esta época, no llegaba a mil millones de habitantes.

Las burbujas estaban concebidas para este número de habitantes y, por eso, se había establecido un sistema para la limitación de nacimientos; se había fijado un cupo para cada globo.

En cada uno de ellos, se había organizado la vida de un modo racional; con la ayuda de nuevas técnicas, los hombres podían alimentarse de diferentes maneras. Al tomar su ducha, las gentes apresuradas podían hacer que salieran de la cabina gases nutritivos que los revitalizaban por ósmosis. Pero los gastrónomos podían seguir entregándose a los goces de la mesa: en gigantescos almacenes, enormes porciones de carne se conservaban químicamente en parrillas de iridio. Todas las mañanas, una gran cuchilla cortaba un trozo de varias toneladas que, fragmentado en raciones, iba a parar a las mesas a través de una compleja red de canalizaciones neumáticas. Las fábricas producían carnes con sabor de buey, de cerdo... En fin, había para todos los gustos. Las legumbres sintéticas, en forma de comprimidos, se llamaban guisantes..., patatas al vapor..., escorzoneras..., rábanos...

Los 220 millones de habitantes de cada una de las cuatro ciudades disponían de medios de transporte eficaces, rápidos y variados, controlados por la Compañía Intra-Burbujas. Las cuatro burbujas, única cosa considerada de interés en todo el globo terrestre, estaban unidas entre sí por una red de comunicaciones exprés. La Compañía Extra-Burbujas, valiéndose de un superordenador, regulaba las salidas de ciudad a ciudad. La ruta de los estrobuses no variaba un ápice gracias a los túneles de energía por los que se desplazaban. Se pensaba que de este modo quedaba excluido cualquier accidente. Lo mismo que estaban excluidas desde hacía varios milenios las guerras, el hambre y las enfermedades, palabras que entrañaban nociones tan inverosímiles para ese tiempo que ya no se encontraban en el nuevo diccionario.

La duración de la vida se había prolongado considerablemente. Especialistas R.D.C. [1] sometían a todos los individuos a cuatro tratamientos sucesivos durante su vida: a los 80 años, a los 140, 190 y 225. Después de los 250 años, la esperanza de vida era prácticamente nula, y ésta se extinguía sin traumas en las *Casas del Recuerdo*.

Aunque las ciudades habían sido construidas en zonas muy distintas, en todas ellas se hablaba la misma lengua.

---

[1] Regeneradores de células.

La Ciudad 1 estaba emplazada en el mismo lugar donde antes estuvo Pequín. La Ciudad 2 había sido edificada en pleno Hoggar [2], para facilitar los trabajos. Suiza, por ser país neutral, había reivindicado la burbuja número 3, llamada en esa época «europea». El presidente número 127 de los Estados Unidos, que era muy aficionado a la navegación a vela, había decidido que la burbuja del continente americano montaría por uno de sus lados sobre el lago Michigan.

En el año 2500 se había intentado un asentamiento sobre el suelo de la vieja Australia. Pero parece que toda la superficie de esta isla había sido invadida por una población de animales prolíferos, los «Kan-Gu-Ru». Y hubo que dejarles el sitio.

Se había lanzado la idea de ciudades submarinas. Pero algunos pesimistas habían esgrimido en contra el espectro de una filtración y fue abandonado el proyecto.

Así subsistían los hombres desde hacía casi cuatro mil años en sus ciudades gigantes, protegidos de la atmósfera exterior por una bóveda de energía.

En fin, los seres humanos respiraban y vivían felices.

Hasta el día en que un animal extraño alteró toda la mecánica...

---

[2] Macizo volcánico del S. del Sáhara argelino (alturas de 2.400 a 3.050 m.).

1. El caballo

AQUELLA mañana, Reseda se despertó con la certeza de que iba a producirse un acontecimiento importante.

Saltó de su colchón de aire comprimido y apretó el botón naranja del videófono. Al otro lado de la célula de habitación, una señal sonora avisó a Ciclamen que su hija se había levantado.

En un ángulo de su habitación había un cuarto de ducha que tenía forma de cáliz de flor. Reseda corrió a encerrarse en ella. Allí, chorros de vapor microscópicos absorbieron al momento las pocas impurezas de grasas que había acumulado su cuerpo durante la noche.

Al mismo tiempo, llenó sus pulmones de gases regeneradores que, en este año 6112, contenían en suspensión todos los elementos nutritivos necesarios para el mantenimiento de la vida.

Al salir de la cabina, Reseda fijó su mirada en el panorama gigantesco que podía divisar desde el piso 627 en el que se hallaba su apartamento. Una vista espléndida. Sin duda, una de las más bellas de toda la Ciudad 4, su ciudad. En la lejanía, relucían las aguas del lago...

Desde la víspera por la tarde, el nombre de un animal retozaba continuamente por la cabeza de Reseda.

—Caballo..., murmuraba sin cesar, sólo por el placer de saborear la vieja palabra. Dentro de unas horas estará aquí y podremos verlo.

Ciclamen, especialista en lenguas antiguas, estaba familiarizado con este vocabulario en desuso. Pero para Reseda, totalmente ajena a este mundo antiguo en el que se movía su padre, palabras como *péndulo*, *bulldozer*, *mariquita*, pronunciadas por la voz de los casetrífonos, tenían extrañas resonancias exóticas y cargadas de años.

—Caballo..., pronunció la palabra otra vez. Me gustaría saber a qué se parece.

Entró en la sonoteca que le ofrecía una elección casi ilimitada de casetrífonos. Su mirada se detuvo sobre una de las cajitas negras.

—¡Caballo!, exclamó. ¡Aquí está!

Cogió el casetrífono y salió de la sonoteca.

—¡Buenos días, papá Ciclamen!, dijo contenta al ver a su padre. ¡Hoy es el gran día! ¡Dentro de una horas el caballo estará en nuestra ciudad!

Ciclamen dio un suspiro.

—Demasiado bien lo sé, dijo moviendo la cabeza. Desde que trabajo en el museo, nunca he visto una actividad tan febril.

Ciclamen era el responsable del departamento de lenguas P.P.P. [1] Desde su más tierna infancia, había comenzado a interesarse por las lenguas antiguas. En este siglo LXII, hablaba unas diecinueve lenguas, regionalismos y dialectos. Al cabo de muchos años de investigación en millares de libros, había conseguido clasificar las hablas antiguas por grupos lingüísticos y había logrado colocar en el ordenador de la universidad las raíces de cada una de ellas. De modo que —y esto era de lo que más orgulloso estaba— no tenía más que citar una palabra en el ordenador y en un brevísimo plazo de tiempo obtenía su significado y referencia.

Y, dirigiéndose a su hija, añadió con cierto alivio:

—¡Menos mal que no formo parte del departamento de zoología!

Reseda hizo un mohín:

—¡Una lástima! Para mí son mucho más apasionantes los animales del pasado que las lenguas antiguas.

Reseda había tenido ocasión de acompañar a su padre al Museo 4. Allí, mientras él investigaba en los archivos, se

---

[1] P.P.P.: período pre-polución.

había entretenido en visitar algunas galerías. En cierto momento, había ido a parar al departamento de zoología. Hasta perderse de vista, había corredores atestados de siluetas fantásticas y yertas.

Durante mucho tiempo se estuvo preguntando si esos seres tan diferentes del hombre habrían podido poblar la tierra algún día. ¿No se trataba de estatuas a las que los últimos materiales sintéticos habían conseguido dar una apariencia de vida? ¿Había latido de verdad un corazón en estas masas extrañas de carne, hueso y pelo?

Reseda revivió en sueños mucho tiempo esta breve visita a los animales disecados. No podía dejar de creer que había penetrado, durante algunos minutos, en un mundo de cuentos y de leyendas y que no se trataba de una realidad científica sino de una puesta en escena teatral con el fin de asombrar a los niños.

Ciclamen interrumpió los pensamientos de la muchacha:

—¿Qué haces con ese casetrífono?

—Me gustaría saber cómo es la cabeza de ese animal...

Ciclamen esbozó una sonrisa y permitió a su hija entrar en el tridihall; tras ella, el tabique magnético, adornado con una begonia en relieve, se volvió a cerrar silenciosamente.

Le gustaba que Reseda quisiera satisfacer su curiosidad.

Reseda se arrellanó en un sillón. Deslizó el casetrífono en la ranura del brazo. Ante ella, un estremecimiento de colores movedizos recorrió la pared opaca.

Un segundo después, allí estaba el caballo..., ¡de tamaño natural! Y no pegado a la pantalla como una simple imagen sino en relieve como si estuviera dentro de la habitación.

Reseda estuvo a punto de dar un grito de asombro. Entre todos los fenómenos del Museo 4 no había podido descubrir un animal tan extraordinario: el caballo era un animal tan magnífico y monstruoso que su peso y estatura sobrepasaban ampliamente las de un ser humano. Pero lo que producía en Reseda esa impresión indefinible no era el pecho gigantesco del animal ni sus patas finas y nerviosas rematadas con una sola uña compacta. Tampoco era su cara que asustaba un poco con su quijada titánica y su nariz semejante a un enorme fruto negro.

No. Lo que dejaba estupefacta a Reseda era el hecho de que el animal estuviera vivo.

Sin duda, las tres cámaras lo habían sorprendido en su hábitat familiar, una de las múltiples salas del museo de la Ciudad 1: más allá de la pequeña bóveda individual de energía repulsiva, se podían divisar los rostros de los curiosos que habían acudido a ver al monstruo más de cerca.

La calidad del casetrífono era perfecta: Reseda distinguía con toda claridad los resoplidos nerviosos del caballo, quizá molesto por la presencia desacostumbrada de los aparatos tomavistas. A veces, el animal esbozaba un gesto de marcha, y sus pezuñas golpeaban el suelo plastificado con un enorme ruido sordo. Reseda podía casi percibir el aliento del animal. De vez en cuando, un estremecimiento gigantesco recorría el cuerpo del caballo.

A Reseda le impresionó especialmente la visión repentina de esta criatura que surgía del fondo de los siglos. Sentía que brotaban dentro de ella una multitud de sentimientos contradictorios: una sorda inquietud, casi una angustia, pero, al mismo tiempo, una especie de deleite culpable, una inexplicable atracción hacia esta manifestación de vida primitiva y salvaje.

De su boca salió una exclamación:

—¡Fantástico!

Por toda respuesta, surgió la voz profunda e inexpresiva del comentarista en el tridihall:

«El caballo está clasificado entre los mamíferos. Su existencia se remonta a mucho antes del período prehumano. En la era H. C. [2], lo vemos como animal de tiro y de combate. Habrá que esperar seis mil años, es decir al comienzo del siglo XX, para verlo destronado por los vehículos de propulsión autónoma. Desde entonces, sufre una fulminante recesión...»

Reseda puso su mejilla en el antebrazo con aire soñador.

---

[2] Hombre civilizado.

«Lo que hace hoy interesante al caballo, prosiguió el comentarista, es que en el año 6112 es el último animal que queda vivo en el globo. Si su organismo soporta las cuatro regeneraciones de células habituales, se puede calcular que vivirá alrededor de los setenta años. A menos que los especialistas R. D. C. no consigan antes prolongar la duración de la existencia, es probable que hacia 6190 desaparezca para siempre el último representante de la raza animal.»

Para que se supiera que la grabación había terminado, el comentarista añadió:

«Gracias por su atención.»

La pantalla se apagó. Las paredes emitían progresivamente una claridad rosácea para que los ojos se fuera habituando otra vez a la luz del día.

Reseda, instalada confortablemente en su sillón, seguía mirando con aire ausente el punto en que el animal se encontraba unos minutos antes. Su corazón saltaba de alegría, sólo de pensar que el animal en persona estaría allí dentro de dos horas.

Ciclamen a su vez entró en el tridihall.

—¿Qué piensas de esto?, le preguntó con un airecillo de satisfacción.

—¡Que es maravilloso!

Se levantó entusiasmada y se abrazó al cuello de su padre.

—Dime, papá Ciclamen, bisbiseó mimosa: puesto que tú trabajas en el museo de la Ciudad 4 y el caballo estará allí antes de esta noche...

—Querrías ser tú una de las primeras en contemplarlo de cerca, terminó él.

Se echó a reír y, sacando a su hija la cabeza en altura, la cogió por el talle y la levantó alegremente del suelo.

Con un gesto que le era habitual, Reseda tocó con el dedo el techo elástico, decorado con motivos florales estilizados. Su padre añadió:

—Te prometo hacer todo lo que esté en mi mano. Pero será difícil.

Reseda puso gesto de contrariedad.

—Ya lo sé, dijo. Ayer, en la emisión informativa, el locutor explicó cómo va a estar acondicionada la sala del caballo: lo colocarán en una gran peana y la muchedumbre desfilará alrededor de él por una plataforma móvil. Parece que no vamos a disponer más que de quince segundos para verlo. Probablemente habrá millones de visitantes.

Ciclamen estaba al corriente de esos detalles. Diez días antes, el director del museo, Rododendro, había dado una conferencia de prensa para los treinta mil empleados. El museo de la Ciudad 4 estaría en ebullición durante unos días.

—Es ya una suerte inaudita, dijo Ciclamen, que el director del Museo 1 haya consentido en prestarnos el caballo. Entre las supervivencias del pasado, ésta es una pieza única, y él quiere a este monstruo como a la pupila de sus ojos. Rodo había hecho una petición tras otra, pero siempre había tropezado con una negativa categórica.

—¿Rodo?

—¡Rododendro, el responable de nuestro museo! Por fin ha logrado convencer a su colega de la Ciudad 1 para que le preste el caballo.

—¿Y por qué ha aceptado al fin?

Ciclamen intentó recordar los datos que le habían suministrado en la conferencia de prensa.

Vio un sillón de espuma de plástico con una sola pata, cuya forma evocába a un tulipán. Se puso cómodo y explicó con el tono doctoral que adoptaba a veces con algunos de sus alumnos:

—Sólo los especialistas R. D. C. de nuestra Ciudad 4 disponen de un material capaz de reproducir un ser vivo partiendo de una sola de sus células. Piensa en la victoria que obtendríamos si nuestros especialistas lograran reproducir otro animal.

Ciclamen prosiguió maliciosamente:

—Gracias a este pequeño chantaje, Rodo ha conseguido convencer al director del Museo 1 para que nos preste el caballo.

Reseda pregunó intrigada:

—¿Por qué llamas siempre a Rododendro «Rodo»?

Como si lo hubieran cogido en falta, Ciclamen balbuceó:

—Bueno..., porque es más fácil..., más corto. Y además..., todos los empleados del museo lo llaman así.

En realidad, Rododendro odiaba que lo llamaran así.

—¿Y por qué, añadió Reseda, a quien había picado la curiosidad, por qué se llama así?

—¡Pardiez!, exclamó su padre. ¡Porque ese es su nombre! Cierto que no es el único en llamarse Rododendro. ¿Y cómo querrías que se le llamara? ¿Por las veinticinco letras de su número de matrícula?

—No... No has entendido mi pregunta. ¿Cuál es el origen de este nombre? ¿Y del mío? ¿Y del tuyo? ¿Y de todos los nombres que tienen los habitantes de las ciudades?

Ciclamen hizo un movimiento de satisfacción con la cabeza: la pregunta de su hija entraba de lleno en su materia.

—Son nombres de flores, confesó.

—¿Flores? ¿Qué es eso? ¡Siempre con tu vocabulario de especialista!

—No puedo explicártelo de otra manera. Cuando aún era respirable el aire exterior, los hombres vivían por toda la superficie del globo terrestre. Allí, a ras de suelo, crecían plantas muy diversas. Y, entre ellas, las flores.

Reseda no podía tener más que una noción muy vaga de estas cosas del pasado: porque, en el siglo LXII, no sólo las palabras habían cambiado, sino que tambien había cambiado en el transcurso de los años el significado que se les daba.

—¿Para qué servían las flores?, preguntó Reseda. ¿Las comían?

—No. No servían para nada.

—¿Para nada?

Eso sí que era para Roseda una falta incomprensible contra las reglas de la productividad.

—No, siguió Ciclamen. Las flores eran bonitas..., agradables a la vista. Además...

¡Qué complicado era eso! Ciclamen recurría a todos sus conocimientos pero ¿cómo explicar a su hija que cada una de las flores tenía un perfume particular? En 6112, todo era totalmente aséptico e inodoro en las ciudades.

—Además..., despedían un olor agradable.

Ya entiendo..., dijo Reseda pensativa, sin haber entendido nada.

—Cuando los hombres rompieron todo contacto con la naturaleza, conservaron quizá la nostalgia de las flores. Esto explicaría el origen de nuestros nombres y de toda nuestra decoración moderna.

—Y esas flores, papá Ciclamen, ¿piensas que existen todavía en el mundo exterior?

Su padre quedó perplejo. ¿Podía confesar honradamente a su hija que ignoraba casi todo del mundo exterior? No podía hablarle con certeza más que de las verdades ancestrales que había leído en los viejos libros.

—Es poco probable... Los hombres no pueden vivir en el exterior. Sin duda, tampoco las flores.

—¿Y el caballo?, insistió Reseda. ¿Y los otros animales que están disecados actualmente en las salas de los museos? ¿De dónde provienen, pues?

—Del exterior, por supuesto.

—¿Y no se podrían encontrar hoy todavía allí libres? Eso evitaría a los especialistas R. D. C. plantearse tantos problemas para perpetuar la especie del caballo.

Ciclamen sonrió ante la simpleza de la pregunta.

—No, afirmó. Hace cuatro mil años que el aire exterior está envenenado. Aparte algunos vegetales aclimatados, allí no se puede encontrar nada con vida.

Reseda dirigió a su padre una mirada llena de admiración.

—¿Cómo puedes saber tantas cosas? ¿En qué apoyas esa hipótesis de que los nombres vienen de las flores? Hasta ahora, yo pensaba que eso formaba parte de la mitología.

—Escúchame un momento...

Ciclamen se levantó y salió del tridihall. Al volver, traía en la mano... Reseda creyó al principio que era un casetrífono.

Todo eso lo he leído en los libros, dijo Ciclamen. Mira aquí uno.

Reseda extendió su mano hacia el libro. Era la primera vez que veía uno tan de cerca, porque, normalmente, no salían de los archivos del museo.

Tocó esa cosa chata y suave. Su padre lo abrió delicadamente por el centro, y aparecieron unas hojas finas llenas de signos incomprensibles.

—¿Así es como encuentras ahí dentro información?, preguntó Reseda.

—Cosas extraordinarias, dijo su padre con un tono apasionado. No sólo datos científicos exactos, sino también informaciones históricas, leyendas, relatos, novelas...

Reseda ya no disimulaba su interés. De todos los especialistas de las cuatro ciudades, Ciclamen era el único que conocía a la perfección las lenguas del período prepolución. Cincuenta años antes, su tesis sobre el francés del siglo XX había sido un documento magistral, aunque al principio lo habían considerado como obra de un tipo raro. Era cierto que, desde hacía millares de años, la escritura había caído en desuso: el empleo del casetrífono era mucho más práctico.

En el otro extremo del tridihall parpadeó una débil señal verde. Un silbido modulado llenó la estancia.

Reseda dio un salto:

—¡La emisión informativa!, gritó muy excitada. Vamos a ver llegar el caballo.

El locutor apareció en relieve sobre la pantalla. Parecía tan entusiasmado como la muchacha.

—Os hablo en directo desde el astropuerto Nordeste, comenzó a decir con voz vibrante de emoción. Aquí el ambiente es excepcional. Millares de curiosos han venido a presenciar la llegada del caballo y esperamos de un momento a otro el estratobús procedente de la Ciudad 1.

Las cámaras se detuvieron un momento sobre Rododendro que se movía impaciente. Junto a él, que parecía muy nervioso, estaban algunos de los responsables del astropuerto.

Reseda se volvió hacia su padre y le susurró:

—¡Lástima que mamá Violeta no esté con nosotros!

—Su viaje de estudios era absolutamente indispensable. Pero estoy seguro de que desde la Ciudad 3, donde se encuentra, sigue en directo la misma emisión que nosotros.

—Aquí está, voceó el locutor. La bóveda de energía de la ciudad deforma ligeramente las imágenes, pero ustedes pueden percibir por encima de los edificios del astropuerto el diafragma azulado por el que va a entrar el convoy especial.

Dos kilómetros por encima de la pista de aterrizaje, los labios del diafragma aspiraron la primera parte del convoy.

De repente, la voz del locutor cambió de tono:

—¿Qué es lo que pasa?, gritó. El estratobús parece aminorar la marcha... ¡No es normal!

Las cámaras se fijaron en el diafragma y, de todos los pechos, brotó un grito de asombro.

Reseda, crispada, se dio cuenta de que iba a producirse un acontecimiento insólito. Inconscientemente se mordió un dedo.

El locutor se asustó:

—¿Qué le pasa al último módulo? ¡Se queda solo en el exterior! ¿Por qué no atraviesa el diafragma?

La mano de Ciclamen apretó el hombro de Reseda.

—Pero... ¡Si ése es el compartimento del caballo!

Ante los ojos despavoridos del público y de millones de telespectadores, se produjo algo inconcebible: el diafragma se cerró ante el último módulo. Los sujetadores magnéticos saltaron con un crujido seco.

Y mientras el estratobús efectuaba un aterrizaje normal sobre el astropuerto Nordeste, el compartimento en el que iba el caballo, abandonado encima de la bóveda de energía, iniciaba una caída espectacular antes de ir a estrellarse, dos mil metros más abajo, en el mundo exterior.

2. Los olvidados

PIERNAS-LARGAS cogió su hacha de piedra y salió de su choza de ramaje. El joven Bravo entornó los ojos: el sol estaba ya alto en el cielo e inundaba con su luz cruda el gran espacio desolado y rocoso que constituía todo el territorio de los que se llamaban a sí mismos los Tsit-Tsi-Tas, los «Seres-Humanos» [1]. Un río que lo dividía en dos partes iguales se deslizaba suavemente por su lecho arenoso.

Piernas-Largas contemplaba ahora el gran claro del bosque que le había valido su nombre: para atravesarlo en sentido longitudinal era preciso correr el tiempo que duraba fumar seis pipas, y para hacerlo en sentido latitudinal había que correr más de lo que duraba fumar tres pipas.

De hecho, Piernas-Largas no era sólo el Indio que, en la estación de los juegos, hacía el recorrido más rápido; era también el que con más ardor deseaba traspasar sus límites. Su sueño más deseado era penetrar en este bosque tupido que cercaba a los Seres-Humanos como un muro inmenso. Quería ir al otro lado de estos grandes árboles, amenazadores, como otros tantos centinelas.

Era principalmente por esta razón por lo que los «No'n-ho'n-shin-kah», es decir, los Viejos Sabios, lo habían apodado Piernas-Largas.

Se oyó un ruido a su espalda.

—Piernas-Largas ha madrugado para ir a sacar raíces...

El joven Piel-Roja se revolvió como una fiera ante el insulto. El que acababa de hablarle era Guardián-del-Pasado, el abuelo de la tribu. Una sonrisa burlona aunque

---

[1] Los Indios Cheyenes.

benévola iluminaba su viejo rostro arrugado. Muy apergaminado, apretaba contra su delgado cuerpo una manta de fibra vegetal.

—¿Estás ya tan viejo, Guardián-del-Pasado, que has olvidado que un cazador deja esas infamantes tareas para las mujeres?

El joven Cheyene hinchó el pecho y siguió voceando:

—Yo, Piernas-Largas, soy lo bastante fuerte para atreverme con los lagartos y con las serpientes más venenosas. Sin ir más lejos, ayer tarde me enfrenté con las abejas para traer miel a los Seres-Humanos.

—Está bien, está bien..., admitió el viejo cuyos ojos brillaban de malicia. Yo no quería ofenderte, porque todos conocen tu valentía.

El viejo dio un suspiro y añadió entre dientes, como si hablara para sí:

—Sabemos también que, si dependiera de ti, tú traspasarías el límite de los grandes árboles para adentrarte en el bosque-que-mata...

Piernas-Largas se distendió, pero los nudillos de su mano bloquearon sobre el mango de su hacha. Con un movimiento circular, sus ojos recorrieron los árboles que rodeaban el campo. Detrás de ellos, estaba lo desconocido; pero el joven Bravo presentía que estaba también la libertad y la única posibilidad de supervivencia para la tribu.

Los Viejos Sabios aseguraban que nadie podía penetrar en el sombrío bosque y seguir con vida. Además, todo el mundo sabía que Colmillos-Blancos, que había infringido la norma hacía algunas lunas, no había vuelto.

Piernas-Largas suspiró: habría que increpar una vez más en el Consejo a los Viejos Sabios.

Satisfecho por esta resolución, se fue a cazar.

—Espérame, Piernas-Largas, gritó una voz conocida. Llevo el arma conmigo. Vamos a cazar juntos.

Piernas-Largas se volvió hacia el que llegaba:

—Bienvenido, Manos-Cortas; precisamente quería hablarte.

—Me lo figuraba. He oído a Guardián-del-Pasado que se

reía de ti hace un momento. Tu corazón se manifestaba en tu cara y he leído tus pensamientos. ¿Tienes de verdad intención de volver a hablar del *asunto* en el Consejo?

—Sí. Hay que hacerlo. Es como si una víbora me picara en la lengua. Los viejos tienen miedo, tú lo ves, Manos-Cortas, son cobardes. Es tarea de los jóvenes Bravos el doblegarlos. De otro modo, los Seres-Humanos desaparecerán para siempre.

Charlando, los dos Pieles-Rojas llegaron a la orilla del río. Se entregaron en silencio a sus abluciones purificadoras. Luego, con la piel constelada aún de gotitas de plata, se zambulleron en la corriente de agua para aventurarse más lejos.

Los dos jóvenes llegaron hasta los grandes árboles. A sus espaldas, se veían como puntitos negros las chozas de los Seres-Humanos. Piernas-Largas se sentó en un tocón.

—¿No quieres cazar ahora?, preguntó Manos-Cortas. Seguro que hay lagartos escondidos debajo de estas piedras. Podríamos cazar algunos y volver. Yo querría terminar un arco...

—Todavía no, cortó Piernas-Largas. Antes quiero que escuches los ruidos del bosque. ¿No oyes esos gritos que asustan a nuestros Viejos-Sabios? Dicen que son de fieras terribles que viven ahí. Pero yo estoy convencido de que si capturamos una sola de esas bestias tendremos asegurado el alimento de todo el pueblo durante una luna...

Manos-Cortas vino a sentarse al lado de su amigo y le puso su ancha mano sobre el hombro:

—Piernas-Largas sabe muy bien que comparto su punto de vista. Sin embargo, cuando oigo esos aullidos, me pregunto si no será demasiado peligroso traspasar los límites... ¡Eso es lo que aseguran los Viejos-Sabios!

—¡Peligroso..., peligroso!..., se rebeló Piernas-Largas. Guardián-del-Pasado dice que, en los tiempos antiguos, los Seres-Humanos podían casarse con tantas mujeres como pudieran alimentar. Y hoy, Manos-Cortas, todos dudamos antes de tomar una sola mujer. Para que uno de nuestros chiquillos pueda ver caer diez nieves, es preciso que mueran dos, ¡tan pobre es la leche de las madres! ¿Qué edad tienen nuestros viejos? Ninguno tiene más de cuarenta nieves. Y sin embargo están agotados... Noche-Negra, el brujo, asegura que en otro tiempo muchos Cheyenes vivían hasta ochenta nieves, y aún más. ¡Así eran de sanos y fuertes! Ya ves, Manos-Cortas, lo delgados que somos tú y yo. Nuestras costillas nos agujerean la piel y, a través de ella, podemos ver latir nuestros corazones.

Manos-Cortas bajó la cabeza y respetó el silencio doloroso de Piernas-Largas. Luego, para sacarlo de sus pensamientos sombríos, adoptó un aire jovial y propuso:

—Vamos a cazar, hermano. Ya es hora. Acabo de ver moverse algo detrás de esa roca.

Piernas-Largas levantó la cabeza y decidió con una sonrisa:

—Entonces, para ti la primera pieza.

Manos-Cortas apretó la jabalina con su mano derecha y sólo quedaron sus ojos por encima de su escudo de madera.

—Ya puedes ir, Piernas-Largas, que estoy preparado.

Piernas-Largas agarró con las dos manos el borde de la gruesa piedra y de un tirón le dio la vuelta. Manos-Cortas lanzó un jau gutural y se distendió como un arco.

Clavado en el suelo por la jabalina, un lagarto gris rascó la tierra frenéticamente. Piernas-Largas lo remató en seguida cortándole la cabeza.

Los dos jóvenes siguieron cazando un poco más.

Manos-Cortas admiró la precisión de Piernas-Largas que de un hachazo cortó en dos trozos una serpiente que intentaba escaparse por entre la hierba raquítica.

Contentos, rivalizaban en audacia y puntería. Luego, tras haber atravesado sus piezas en un palo, Piernas-Largas dijo a su amigo:

—Ven, hermano, volvamos. La caza ha sido buena. Las mujeres y los chiquillos podrán comer un día más.

Por el camino, al volver, vieron a Alba-Naciente. Estaba cogiendo bayas. No lejos de allí, algunas mujeres escarbaban febrilmente la tierra en busca de una o dos patatas silvestres.

Alba-Naciente levantó la cabeza al acercarse los dos jóvenes. Al ver los seis lagartos y las tres culebras que colgaban de su bastón, su mirada se iluminó.

—¡Aquí están los mejores cazadores de la tribu!, dijo para ser galante con Manos-Cortas.

Y, echando una mirada hacia Piernas-Largas, añadió:

—Tu mujer será feliz, porque, contigo, nunca se morirá de hambre.

El Bravo se estiró orgullosamente, mientras Manos-Cortas le daba un codazo de complicidad. Sin embargo, no contestó nada; se contentó con mirar un buen rato a Alba-Naciente y, dándole la espalda, se alejó llevando consigo a su compañero.

—¿Por qué no pides la mano de Alba-Naciente a su familia?, se extrañó Manos-Cortas. Es joven, robusta y parece que goza de buena salud. Tú has visto caer dieciséis nieves, Piernas-Largas, y ya puedes pensar en casarte. Mira qué feliz soy yo con Sonrisa-Tímida. Me ha dado dos hijos, uno de los cuales vive aún.

También Piernas-Largas pensaba que Alba-Naciente era muy bonita. Pero tenía otras cosas en que pensar. Tenía un proyecto en el que no entraba ninguna mujer.

—Vamos, no perdamos más tiempo. El sol está ya casi a mitad de su carrera, dijo Piernas-Largas a Manos-Cortas mientras alargaba su zancada.

En el pueblo, los Seres-Humanos se dedicaban a sus ocupaciones cotidianas. El jefe de la tribu, Voz-de-Trueno, reunía las piezas que traían los cazadores y los pescadores. Las mujeres estaban atareadas alrededor de la única lumbre: tomaban todos juntos la comida.

Guardián-del-Pasado y Noche-Negra, el brujo, estaban liados en una conversación que parecía absorberles por completo... Para ser justos, habría que decir que el único que hablaba era Guardián-del-Pasado, porque Noche-Negra no hacía más que escuchar, con los ojos cerrados como para que le penetraran mejor las palabras.

Intrigado, Piernas-Largas se preguntó qué podría estar

contándole el abuelo a Noche-Negra. En aquel momento no podía acercarse a ellos sin faltarles al respeto.

Por la tarde, los dos grandes tambores de madera anunciaron el comienzo del Consejo. Habían reanimado el fuego en el centro de la plaza. Las mujeres y los niños, de pie, formaban un círculo; en el interior de éste, los hombres sentados en corro fumaban sus pipas.

Era maravilloso ver a los Seres-Humanos; sus cuerpos estaban llenos de pinturas multicolores que contaban las hazañas de sus antepasados. Muchos tenían la cabeza cubierta de hermosas hojas verdes cogidas a orillas del bosque.

Voz-de-Trueno, flanqueado a su izquierda por Noche-Negra y a su derecha por Guardián-del-Pasado, estaba en pie, digno y majestuoso, ante el Monolito-de-las-Grandes-Cosas, esa gran roca negra tiesa que servía para transmitir la tradición y contaba las Grandes-Cosas-Pasadas...

Noche-Negra, que se había revestido de su capa de ceremonia, jalonada toda ella de conchas fósiles, inició una danza e hizo que se callaran los tambores sagrados.

El Pow-Wow [2] podía comenzar.

El primero que tomó la palabra, como era obligado, fue Voz-de-Trueno:

—¡Hermanos de la tribu! Nuestras provisiones disminuyen un poco más cada día. La nieve y el frío llegarán ahora en seguida, sin que hayamos acumulado bastantes reservas. La noche pasada he tenido un sueño... Veía en él que toda la caza de nuestro territorio huía al bosque. Los jóvenes corrían por todos lados sin conseguir retenerla. Pasaba entre los cazadores como se desliza el agua entre los dedos. Yo, vuestro jefe, os digo que tenemos que organizar nuestras cacerías. Haciéndolo individualmente, se nos escapa mucha caza. Mientras un cazador sólo atravesaba con la

[2] *Pow-Wow:* Consejo.

flecha una rana, he visto correr ratones almizcleros hacia los grandes árboles, a donde ninguno de nosotros puede ir.

Dos-Hilillos, que era el mejor pescador de los Seres-Humanos, se puso en pie de un salto:

—¿Es que quieres insultarme, Abuelo [3]? ¿Es que no he hecho bastante? ¿No he traído esta misma mañana cuatro brecas y todo un ovillo de gusanos de agua? ¿Quién de los Seres-Humanos puede presumir de hacerlo mejor?

El jefe calmó al impulsivo:

—No te enfades, Dos-Hilillos. Todos conocemos tu habilidad. Eso no quita para que una pandilla de cazadores o pescadores lo hagan mejor que uno sólo, abatiendo presas. Guardián-del-Pasado dice que nuestros antepasados cazaban en cuadrillas organizadas, y que los pescadores unían sus fuerzas para tender una red...

Las mejillas de Voz-de-Trueno se llenaron de lágrimas mientras prosiguió:

—En cambio nuestras mujeres y chiquillos tienen hambre porque las piezas se nos escapan y van a refugiarse en el bosque.

Piernas-Largas no pudo contenerse y saltó en medio del corro:

—Entonces, metámonos también nosotros en el bosque y echemos la caza hacia nuestra llanura.

Una decena de jóvenes Bravos que apoyaba la idea de Piernas-Largas levantaron sus armas gritando para demostrar su conformidad. Los Viejos Sabios, asustados, se apretaron temerosamente unos contra otros. Los Seres-Humanos no recordaban que se hubiera manifestado nunca en ningún Consejo semejante agresividad.

Voz-de-Trueno levantó los brazos para pedir silencio y calmar los ánimos. Y, mirando a Piernas-Largas que aún no se había movido del sitio, dijo con voz grave y pausada:

—A Piernas-Largas se le perdona que hable así. Es todavía muy joven y no conoce la historia de nuestro pueblo.

Volviéndose hacia Guardián-del-Pasado le ordenó:

[3] *Abuelo:* Indica respeto y amistad hacia un superior.

—Cuenta a estos jóvenes la historia de nuestros antepasados. Diles de dónde procede nuestra ley, tú que guardas en tu cabeza la tradición de los Seres-Humanos. Diles lo que fuimos, y así comprenderán mejor lo que somos ahora...

El abuelo se concentró plegando aún más su frente sin edad y dijo con una voz monocorde, como gastada de haberlo contado muchas veces:

—En otro tiempo, había en la tierra muchas tribus de Pieles-Rojas: el Pueblo-de-la-Casa-Grande [4], el Pueblo-de-los-Violines-Rechinantes [5], el Pueblo-Serpiente [6], el Pueblo-de-la-Lengua-Extranjera [7], eran de los más fuertes y temibles. Pero había muchas otras. Nuestros antepasados llevaban vestidos cálidos y ricos que confeccionaban ellos mismos con las pieles de ciertos animales. En la cabeza llevaban maravillosas coronas de plumas de águila, un gran pájaro que vivía en su comarca... Habitaban en tiendas confortables que no dejaban penetrar el frío del invierno...

El viejo se recogió, tosió e hizo un amplio gesto con los brazos.

—Este bosque que nos rodea no existía aún, y nuestros antepasados podían desplazarse libremente por grandes espacios abundantes en caza que llamaban «territorios de caza». La leyenda dice que cazaban montados en grandes caballos, animales que deben haber desaparecido puesto que ninguno de nosotros los ha visto nunca. Se dice además que nuestros antepasados tenían en tal estima el honor, que a veces se batían entre sí...

Al decir una cosa tan inimaginable, se produjo un murmullo de asombro y varios jóvenes Bravos hicieron gestos de incredulidad.

Cuando se callaron de nuevo, Guardián-del-Pasado prosiguió:

—En fin, parece que en aquella época los Pieles-Rojas

---

[4] Los Iroqueses.

[5] Los Apaches.

[6] Los Comanches.

[7] Los Siux.

vivían felices. Los animales que cazaban se llamaban: alce, ciervo, bisonte..., o tal vez visón, no estoy muy seguro... Entonces fue cuando apareció sobre la tierra una raza de hombres extraños. Tenían la piel blanca y nuestros antepasados los llamaron «Rostros-Pálidos». Pero había entre ellos algunos también con la piel negra... y hasta amarilla.

Piernas-Largas, en medio del corro, no pudo reprimir un «¡Oh!» de extrañeza. El viejo clavó los ojos en él y continuó:

—Los Rostros-Pálidos eran muy sabios y quisieron inculcar su ciencia y su modo de vida a nuestros antepasados... Pero éstos se rebelaron y hubo muchos muertos. Como los Rostros-Pálidos eran más fuertes, tribus enteras de Pieles-Rojas desaparecieron para siempre.

Guardián-del-Pasado hizo una pausa para recordar mejor los acontecimientos que había aprendido de boca de su padre y acabó por confesar:

—En fin, debilitados y acorralados, los Pieles-Rojas tuvieron que aceptar el modo de vida que los Rostros-Pálidos querían. Estos les asignaron unas tierras llamadas «reservas» y les prohibieron franquear sus límites. Los indios que quisieron escaparse fueron castigados o muertos. Entonces, con el paso del tiempo, nuestros antepasados aprendieron a vivir de manera distinta dentro de las reservas. Este lugar en que habitamos se nos asignó a los Seres-Humanos hace mucho tiempo...

La voz de Guardián-del-Pasado se quebró y únicamente pudo decir en medio de sollozos:

—De esto, hace ya tantas nieves que sería imposible contarlas.

Muy impresionado a pesar suyo por las palabras del Viejo Sabio, Piernas-Largas tuvo que reaccionar para soltarle:

—Abuelo, si es verdad eso que dices, ¿cómo es que nosotros no hemos visto nunca a ningún otro Indio ni a ningún Rostro-Pálido?

Se produjo un movimiento entre los jóvenes. El viejo reflexionó un instante y explicó pacientemente:

—Nosotros, los viejos, pensamos que los Rostros-Pálidos mataron a todos los Pieles-Rojas de la tierra a excepción de los Seres-Humanos que debieron dejar olvidados en su reserva. Antes de esta carnicería, los Rostros-Pálidos que poseían una medicina muy poderosa plantaron este bosque que nos rodea y pusieron en su interior fieras terribles. Fue sin duda este bosque quien nos salvó, al ocultarnos a la vista de los Rostros-Pálidos.

Manos-Cortas, que no se perdía ni una de las palabras del viejo, no pudo contenerse y preguntó:

—¿Y los Rostros-Pálidos? ¿Dónde están ahora? ¡Dínoslo tú que pareces saber todo!

Guardián-del-Pasado se levantó y sus ojos relampagueaban:

—No olvides, joven atolondrado, que por mi boca hablan aquí todos los Sabios presentes en este Consejo. ¿Quieres saber qué ha sido de los Rostros-Pálidos? Pues bien, se volvieron a marchar a su país en grandes pájaros que fabricaban ellos mismos...

Una risa monstruosa sacudió a los jóvenes Bravos. Manos-Cortas, con los ojos llenos aún de lágrimas, se adelantó y dijo para excusarse:

—No pienses que nosotros queremos faltarte al respeto, Guardián-del-Pasado, pero es que nos cuesta creer en la existencia de tales pájaros.

—Sin embargo, así es... Han existido, como os lo digo, se obstinó el Viejo Sabio.

—Bueno, bueno, admitámoslo, concedió Manos-Cortas, aproximándose a Piernas-Largas. Entonces, según tú, ¿son los Seres-Humanos los únicos hombres que hay ahora en la Tierra?

—Sí, Manos-Cortas. Nosotros somos los únicos hombres del mundo.

—Entonces, nadie puede impedirnos que traspasemos los límites del bosque, explotó el joven cazador.

Al oír estas palabras, Voz-de-Trueno se levantó a su vez:

—Calma tu ardor, Manos-Cortas. ¿Te has olvidado de los monstruos terribles que hay en ese bosque?

—¡Está bien!, intervino Piernas-Largas. ¿Qué impide a nuestros jóvenes ir a luchar contra ellos y vencerlos?

Por toda respuesta, Voz-de-Trueno señaló a un Bravo que estaba sentado aparte. Sus cabellos eran blancos y sus ojos extraviados parecían no ver nada.

Era El-que-ha-visto-al-Oso.

A una señal de Noche-Negra, El-que-ha-visto-al-Oso vino a situarse al pie del Monolito-de-las-Grandes-Cosas. Como un autómata, recogió del suelo un trozo de roca arcillosa y contempló, amedrentado, el granito negro que se elevaba ante él.

—¡No tengas miedo, El-que-ha-visto-al-Oso!, le tranquilizó el jefe de la tribu. Y traza la silueta del monstruo que se te apareció en el bosque cuando penetraste en él hace quince nieves. No tiembles, que ya no corres peligro...

Alentado de esta manera, el hombre de los cabellos blancos se decidió. Con unos trazos rápidos, hizo el dibujo que le pedían. Al verlo, no pudo contenerse y lanzó un grito, al mismo tiempo que se tapaba los ojos.

Los Viejos conocían esta silueta por habérsela visto dibujar varias veces a El-que-ha-visto-al-Oso. Pero los jóvenes Bravos que la veían por primera vez no pudieron por menos de temblar: ese monstruo era más alto que un hombre y estaba totalmente cubierto de pelos. Respiraba fuerza y crueldad.

Piernas-Largas oyó que Noche-Negra decía a Guardián-del-Pasado:

—En su juventud, El-que-ha-visto-al-Oso no era como hoy. Se comprende que haya cambiado tanto a la vista de esa horrible fiera.

—¿Y qué?, gritó Piernas-Largas mirando fijamente a los dos Viejos Sabios. No veo que ese animal sea tan terrible como para asustar hasta tal punto a los Seres-Humanos, al menos a los que no son cobardes y ruines.

Voz-de-Trueno se deslizó junto a El-que-ha-visto-al-Oso y, con brusquedad, arrancó la capa que cubría su cuerpo...

La espalda desnuda de El-que-ha-visto-al-Oso quedó a la vista de todos. Desde el hombro izquierdo a la cadera derecha estaba cruzada por cuatro cicatrices paralelas, rojas, profundas, con los bordes hinchados.

Ante esa horrible herida, se dibujó el terror en todos los rostros, mientras que Noche-Negra vociferaba:

—Jóvenes temerarios, mirad lo que ha hecho ese monstruo salvaje de un solo zarpazo a El-que-ha-visto-al-Oso. ¿Quién de vosotros, jóvenes Bravos, tiene un escudo lo bastante resistente para afrontar esas garras?

Piernas-Largas dio con rabia una patada en el suelo y fue a encerrarse en lo más profundo de su choza.

Guardián-del-Pasado siguió dibujando para los jóvenes de la tribu. Hizo aparecer sobre el Monolito-de-las-Grandes-Cosas los bordados de perlas y de espinas de puerco espín que adornaban los aderezos de los antepasados, las armas que usaban y los animales que cazaban. Hasta dibujó el Wa-Kan-Da, el pájaro de fuego, el dios que desde siempre invocaban los Cheyenes...

Así cobraban forma las Grandes-Cosas-Pasadas. Así se transmitía la tradición...

Piernas-Largas oyó durante mucho rato los gritos de asombro y de admiración que daban los Bravos al ver las maravillas que Guardián-del-Pasado hacía aparecer ante sus ojos. Nervioso, sin poderlo aguantar, envolvió su cabeza en las hojas secas de su lecho para no oír esos gritos que le hacían daño.

De hecho, Piernas-Largas aborrecía el saber de Guardián-del-Pasado, ese saber que los aprisionaba dentro de este ingrato territorio. ¡Ah, si él hubiera podido saber todo, como el Viejo Sabio!...

En esto, se engañaba Piernas-Largas: Guardián-del-Pasado no sabía todo. Ignoraba por completo que esta corriente de agua que atravesaba el campo era el nacimiento del río Cheyene. Y que, en este año 6112, seguía desembocando en el Misuri...

3. El salvamento

A PESAR del color rosáceo provocado por su reciente tratamiento R. D. C., Rododendro se puso lívido. La multitud que lo rodeaba se quedó clavada en su sitio, llena de asombro. Sin poder reaccionar, todos los habitantes de la Ciudad 4 habían asistido a la caída vertiginosa del módulo que contenía al caballo.

A algunos metros de allí, el estratobús tractor acababa de efectuar un aterrizaje impecable.

Rodondendro fue el primero que volvió a tomar conciencia de la realidad. Se volvió hacia uno de los responsables del comité de recepción y dijo:

—Conferencia dentro de tres minutos. En el hall número 31. Buscadme los técnicos que han dejado que se produzca este *accidente*.

Había mostrado una ligera duda antes de pronunciar la palabra fatídica.

La puerta blindada del estratobús se deslizó y un hombre se precipitó en la acera mecánica. Cuatro segundos más tarde se plantaba delante de Rododendro. Estaba tan pálido como el director del museo.

—Muguete, se presentó. Yo soy el que me ocupo siempre del caballo en la Ciudad 1, yo soy su guardián habitual. ¿Qué ha pasado?

La voz de Muguete temblaba aún de emoción.

—¡Un accidente!, replicó Rododendro de modo tajante.

Muguete se sobresaltó al oír esta palabra. No se la conocía más que en los relatos fantásticos.

—¿Y... el compartimento?

Incrédulo, Muguete señaló con el dedo la cima de la bóveda. Su rostro reflejaba la mayor desesperación.

—Ha caído al exterior. El diafragma ha rechazado la entrada y se ha cerrado sobre los sujetadores magnéticos. Por una razón hasta el momento inexplicable. ¡Venid!

Haciendo una señal, Rododendro invitó al comité de recepción a seguirle. Los dos hombres subieron a la acera mecánica.

Las cámaras tridimensionales iniciaron un recorrido para seguir sus movimientos.

Cuando Rododendro y Muguete entraron en el hall 31, aún no hacía dos minutos que se había producido el accidente. Y ya había allí sentados decenas de responsables del aeropuerto.

A la llegada del director del Museo 4 cesó la algarabía. Un técnico interrumpió el silencio casi en seguida.

—He aquí una breve relación de las causas del accidente. Nosotros hemos hecho la siguiente pregunta al ordenador del astropuerto Nordeste: «¿Por qué se ha rechazado la entrada del último módulo?»

—¿Respuesta?

—Estas son las palabras exactas del ordenador: «Objeto no habitual cuyo diámetro está al límite de las normas de seguridad. Por medidas de precaución, rechazo provisional hasta que se haga una averiguación.»

—¡Hasta que se haga averiguación!, gritó Muguete escandalizado. ¡Es el colmo de la ironía! ¿No se había prevenido al ordenador de la llegada de un convoy especial?

—¡Un momento!, cortó el técnico. ¿Cuál es el diámetro normal de los estratobuses?

—Dos metros noventa y seis.

—¿Y cuál era el del compartimento del caballo?

— Tres metros veinticuatro, explotó Muguete.

El responsable del caballo se enjugó la frente y tomó aliento:

—Esto no es problema mío, pero sé que han tenido que construir un módulo especial para el caballo: su talla excepcional ha obligado a nuestros ingenieros a concebir un compartimento de tres metros veinticuatro de diámetro.

—¡El límite de las normas de seguridad!, lanzó el técnico.

—¡Pero podía pasar por el diafragma!

—Su rechazo era una medida de seguridad previsible. Es la solución que ha adoptado el ordenador, explicó el técnico.

—¿Y no ha previsto ese cerebro electrónico las consecuencias del rechazo? ¿La caída del módulo?

—No. El ha supuesto que el objeto desconocido era una estratobús autónomo.

—¿Y entonces? ¡Un estratobús se habría estrellado contra el suelo, lo mismo que el compartimento!

—No, replicó el técnico. Un estratobús completo, de este diámetro, habría sido escupido igual que el módulo. Pero entonces la palanca roja se habría desbloqueado automáticamente. Y el piloto habría sabido inmediatamente que ya no se encontraba en el túnel de conducción. Y habría empuñado los mandos manuales.

—¡Pero es un caso rarísimo el que obliga al piloto a desviarse de los túneles fijos de energía!

—¡Menos rarísimo que los accidentes! En el caso presente, el módulo es evidente que no disponía de una propulsión autónoma. Sólo contenía al caballo.

Rododendro había asistido a esta disputa de especialistas sin rechistar. Se levantó y dijo con voz grave:

—Cualquiera que sean las causas del accidente y cualesquiera que sean las responsabilidades que se sigan, yo me veo en la obligación de presentar la dimisión. El director del Museo 1 no perdonará nunca a la Ciudad 4 esta imprudencia. La muerte del caballo...

—¿Por qué va a estar muerto el caballo?, gritó Muguete.

Por todas partes surgieron diversas opiniones. Muguete se aclaró la voz y explicó:

—Un dispositivo de ondas autoportadoras mantenía suspendido al caballo en el centro del compartimento. El choque, por violento que haya sido, no ha podido afectarle.

¡La Ciudad 1 había hecho las cosas bien!, añadió con un tanto de arrogancia. Es imposible que el caballo haya chocado contra las paredes interiores...

Un rayo de esperanza se encendió en las pupilas de todos.

—¿Ni siquiera en el momento del choque?, preguntó Rododendro.

—¡Ni siquiera en el momento del choque!, afirmó Muguete. Pero no veo que esto modifique en nada las cosas: el caballo está en el exterior... ¡Está condenado!

—¡Eso cambia todo!, exclamó Rododendro, que había dejado bruscamente su dimisión para más tarde.

—¡Un momento!

Todas las miradas se volvieron hacia el que había levantado la mano.

—Gladíolo, se presentó él mismo. Piloto del estratobús especial. Un dispositivo de televisión permitía a mi cabina vigilar al caballo en caso de necesidad. Tres cámaras incorporadas al compartimento estaban constantemente enfocadas en él. Si, como propone Rodo, nosotros...

Gladíolo, se detuvo y se puso colorado: se le acababa de escapar ese apelativo. A pesar de la gravedad del momento, a duras penas pudo la asistencia disimular una sonrisa. El director del Museo 4, impasible, hizo como si no hubiera oído nada.

Gladíolo mascculló unas palabras incomprensibles y, luego, continuó:

—Antes de intentar cualquier cosa, deberíamos asegurarnos de que el caballo sigue con vida.

—¡Vamos hasta el estratobús! —dijo Rododendro. Allí continuaremos nuestra conferencia.

Técnicos y responsables, todos a una, se levantaron.

Las cámaras de la televisión regional rodeaban al estratobús. Rododendro, Muguete y Gladíolo, a la cabeza del cortejo, se abrieron paso entre la multitud allí reunida.

—¡Por aquí!, dijo Gladíolo.

Rododendro, al entrar en la cabina, miró su reloj: habían

pasado trece minutos desde el accidente. Después de todo, tal vez tendrían la suerte de recuperar al animal.

Gladíolo dio al contacto y apareció en una pequeña pantalla lateral el interior del módulo accidentado.

De todas las gargantas salió un solo grito:

—¡Ha desaparecido el caballo!

—¡Mirad, gritó Muguete! La pared está completamente destrozada.

—El choque ha sido demasiado violento, dijo un técnico. El caballo no ha sobrevivido.

Rododendro se volvió hacia él y le dijo con tono irritado:

—Si estuviera muerto, veríamos su cuerpo.

—Callaos, ordenó Muguete. Y escuchad un poco...

Los micros del módulo accidentado, acoplados a las cámaras, les transmitían una serie de ruidos insólitos: rumores quedos, golpes sordos y acompasados, silbidos irregulares, todo un mundo sonoro que les era totalmente desconocido. Bruscamente estalló una especie de risa demencial.

—¡Está vivo!, dijo Muguete totalmente desconcertado. Oigo sus relinchos...

—¿Sus... qué?

—Su voz. Pero es muy débil. El caballo se debe estar alejando del módulo.

Los hombres se miraron asombrados.

Que el animal estuviera en el exterior y vivo era algo que se les escapaba.

—¡Eso es imposible!... murmuró Rododendro. Hace ya dieciséis minutos que respira el aire de fuera. ¿Iba a ser posible que no hubiera sucumbido?

—El caballo tiene una constitución robusta, una resistencia a toda prueba, explicó Muguete. Pero es preciso que no tardemos en ir a buscarlo, si lo queremos salvar.

Los técnicos presentes enarcaron las cejas.

—¿Al exterior? Ni pienses en eso...

—¡Hay que hacerlo!, cortó Rododendro. A vosotros os toca encontrar los medios.

La mirada del director se cruzó con la de Muguete. En este momento, los animaba una misma determinación.

—Pero nunca se ha planteado este problema, objetó un técnico.

Rododendro señaló la cúpula de energía que los aislaba del mundo exterior.

—¡No tenemos más que traspasar la burbuja!

—Yo estoy dispuesto a pilotar el estratobús fuera del túnel de conducción, declaró Gladíolo. Y a posarme en el suelo, fuera de la ciudad.

¡Un aterrizaje voluntario! Nadie recordaba que se hubiera intentado nunca semejante empresa.

El técnico se encogió de hombros.

—¿Y cómo vais a recuperar el caballo? ¿Saliendo del estratobús? ¿Respirando el aire viciado del mundo exterior?

A esta sencilla evocación, un temblor secreto sacudió a toda la asistencia.

—Sin embargo, dijo Rododendro, tenemos que intentarlo todo.

De pronto, tuvo un chispazo genial:

—¡Ya lo sé!, gritó. Ya sé cómo vamos a llegar hasta el animal sin correr ningún riesgo.

Cuando el timbre característico del videófono sonó en el tridihall, Ciclamen y Reseda eran todavía presa del mayor desaliento. El accidente del caballo representaba para ellos, lo mismo que para la mayor parte de los habitantes de las cuatro ciudades, el derrumbamiento de sus técnicas más seguras. ¡No eran, pues, invulnerables!

La aparición del director del museo en la pantalla arrancó a Ciclamen un grito de extrañeza.

—¡Rodo!

Rododendro no se molestó por esta familiaridad fuera de lugar. En realidad no era momento para finuras.

—¿Ciclamen? ¿Especialista en lenguas P. P. P.?

—Sí, soy yo.

Aunque era la primea vez que Rododendro veía a este hombre que, sin embargo, formaba parte de su propio museo, empleó un tuteo de urgencia que facilitaba las relaciones y aumentaba la eficacia de las discusiones.

—Te necesitamos. En el astropuerto Nordeste. Inmediatamente.

—Ya voy. ¿De qué se trata?

—Se trata del caballo. ¿Has seguido el accidente?

—Sí.

—El animal está vivo. Vamos a intentar una salida para recuperarlo. Por tanto tenemos que salir al exterior.

—¿Al exterior?

—Sí. Pero con escafandras autónomas.

Ciclamen asintió con la cabeza. Hablaban el mismo lenguaje.

Ya entiendo, dijo. ¿Con las que utilizaban para la conquista espacial en el P. P. P.?

Exacto. Tenemos algunas en el Museo 4. En principio, deberían estar en buen estado de conservación.

¿Y en qué puedo servirte? Debieras haberte dirigido al departamento histórico de la investigación espacial.

—Ya lo he hecho. Pero los especialistas de ese departamento tienen absoluta necesidad de tu ayuda.

—¿Para qué?

—Para que les leas las instrucciones.

En la inmensa área del astropuerto Nordeste, el enjambre de periodistas y curiosos se difuminó. Los proyectores descongelantes se pusieron en marcha.

El bloque de gelatina antidesgaste que cubría la escafandra empezó a fundirse poco a poco, dejando escapar en el aire aséptico sólo algunos vapores azulados. De vez en cuando, el director del museo echaba una ojeada angustiada al cronómetro de cuarzo que iba pasando inexorablemente sus cien minutos horarios.

Pronto, el traje espacial se desplomó, al no sostenerlo ya su soporte transparente.

Saltaron dos siluetas desde la acera mecánica a la pista de aterrizaje y se abrieron paso hacia el estratobús.

—¡Lo he hecho lo más rápidamente que he podido!, dijo Ciclamen.

Reseda se había deslizado tras él.

—Aquí están los textos en cuestión, declaró Rododendro. Es el inglés del siglo XX.

En ese momento, un técnico puso su mano sobre el hombro del director.

—Tenemos un pequeño problema, confesó.

—¿Cuál? ¿Habéis comprobado la impermeabilidad del traje?

—¡Impecable!, afirmó el técnico. Por ese lado, no hay ninguna duda: todos los tests son positivos. Nuestro problema es diferente: este traje es pequeño, muy pequeño... Ninguno de nosotros puede meterse dentro.

—El director del museo lo pensó un momento; después gritó:

—Bien, id a buscar otro. Deben existir muchos modelos.

—No, dijo el técnico. Centímetro más o menos, son todos iguales. ¡Los hombres del siglo XX estaban lejos de medir dos metros como nosotros!

Rododendro frunció el ceño: no se había imaginado que este salvamento le proporcionara tantas dificultades. La consternación se pintó en todos los rostros.

—Y no hay ningún traje espacial más reciente, dijo con tristeza el técnico. La conquista espacial se abandonó precisamente antes de comenzar la Gran Polución.

—¡Fracasar tan cerca del final!, gritó Muguete.

—¿No habría la posibilidad, propuso Ciclamen, de fabricar un traje semejante a éste, pero en un modelo mayor?

—Sí, dijo el técnico; concededme dos días...

—¡Eso es!, bromeó Rododendro. Y llegaríais a recuperar el cadáver del caballo.

Reseda dio un paso adelante y declaró ingenuamente:

—No os entiendo... ¿Por qué andáis todos buscando una

escafandra mayor? Yo soy perfectamente capaz de enfundarme este traje.

—¿Estás loca?, gritó Ciclamen.

—No existe el menor riesgo, afirmó el técnico. Estos trajes han afrontado el vacío espacial y los micrometeoritos. Además, todos nosotros estaremos a unos metros de tu hija, dispuestos a intervenir al menor incidente.

A partir de este instante, se multiplicó la extraordinaria efervescencia que había reinado en el astropuerto Nordeste. Llegaron de refuerzo brigadas de seguridad para contener a la multitud que hacía un círculo cada vez más estrecho alrededor del estratobús. Las cámaras dieron un primer plano del pequeño grupo que formaba el personal de la expedición, y el locutor se puso a comentar con nuevo vigor los preparativos de la salida que se anunciaba.

Muy pronto el estratobús estuvo preparado para tomar la salida. Esta vez habían añadido un módulo clásico en el que el caballo se encontraría menos a gusto, pero al que el diafragma dejaría pasar sin dificultad.

La expedición de socorro comprendía, además de Reseda y Ciclamen, a Rododendro, Muguete, el piloto Gladíolo y un técnico del departamento histórico de investigación espacial.

Mientras Reseda y sus cinco compañeros se disponían a ocupar su puesto en el estratobús, Ciclamen seguía refunfuñando, al mismo tiempo que con el rabillo del ojo miraba malévolamente hacia el diafragma de la cúpula.

Cuando el estratobús se elevó suavemente por encima de la Ciudad 4, la multitud prorrumpió en una ovación formidable. Las cámaras siguieron largo rato la pequeña forma cilíndrica mientras se abría camino entre la maraña de las altas construcciones de plátex.

Ahora que acababan de lanzarse a una acción imprevista, los riesgos que corrían se les presentaban bajo una luz más excitante: desde hacía cuatro milenios las ciudades estaban adormecidas en una rutina pacífica. ¡Mira por dónde iba a romperse brutalmente la monotonía!

Por su parte, Reseda intentaba dominar los latidos de su corazón. Ya no era el momento de presumir. A ella le tocaba el papel principal. Y, cuando pensaba de nuevo en ello mientras el estratobús rozaba la bóveda de energía de la ciudad, ella misma se extrañaba de su propia determinación, de la rapidez con que se había decidido.

Quizá su madre, desde la Ciudad 3, seguía en aquel mismo momento con asombro el vuelo del pequeño estratobús, continuamente enfocado por las cámaras tridi...

Por el altavoz de la mesa de mandos se oyó la voz poco firme del técnico de la torre de control:

—El diafragma está dispuesto para funcionar... Todas las salidas para la Ciudad 4 se han suspendido. En cuanto a los aparatos que están ya en vuelo, que se queden en órbita en su corredor circular hasta el fin de la operación de salvamento... ¡Mucha suerte!

Estas medidas excepcionales suscitaban entre los socorristas una incontrolable angustia. Los hombres habían puesto su confianza en las máquinas desde hacía tantos años, que la perspectiva de sustituirlas de improviso por decisiones humanas les producía turbación.

El piloto escrutaba con nerviosismo los aparatos de medición.

—Ochenta metros..., cincuenta..., veinticinco..., ocho...

Hubo una ligera sacudida.

Todos oyeron el *flop* característico, y el estratobús reemprendió la marcha fuera de la Ciudad 4 en medio de una leve neblina.

—Estamos en el túnel de energía, anunció Gladíolo tanto para los pasajeros como para la torre de control del astródromo. Vamos a salir de él.

Después de una breve duda, empuñó con la mano izquierda la corta palanca roja. La bajó con un ademán rápido. En seguida, los mandos manuales salieron del tablero de mandos. Libre del dominio permanente del túnel de ondas portadoras, el estratobús empezó a deslizarse.

Salieron del conducto energético como se atraviesa una cortina de humo y el paisaje se mostró ante sus ojos con una pasmosa nitidez.

—¡Esto es maravilloso!, exclamó Reseda.

Los demás asintieron con la cabeza y abrieron unos ojos como platos.

—En cualquier caso, es muy diferente de las imágenes que toman las cámaras automáticas de los estratobuses regulares, admitió Rododendro. Se ve el suelo con tanta precisión que parece que ha sido fotografiado desde un satélite.

—Y percibimos todos los detalles en vez de tener una visión de conjunto, ponderó Muguete, subyugado por el espectáculo.

Mil quinientos metros por debajo del aparato, se divisaba una vasta llanura. El suelo estaba cubierto de rocas de diversos colores. A lo lejos, se extendía una masa verde, imprecisa, atravesada por una cinta brillante y sinuosa.

No se necesitaba más para que los seis viajeros tuvieran la impresión de estar sobrevolando un planeta nuevo, cuyo aspecto, misterioso y atrayente, entrañaba mil peligros desconocidos.

—¡El módulo!, gritó Muguete.

El piloto se atrevió a echar una ojeada al suelo para tener una pequeña idea de la dirección que debía tomar. Luego, con infinitas precauciones, manejó los mandos de mano. Nadie hubiera podido sospechar que se los iba a utilizar un día para hacer un aterrizaje en el mundo exterior.

Dócilmente, el estratobús desvió su trayectoria hacia la tierra.

A menos de un kilómetro, se levantaba la cúpula de la Ciudad 4. Se podía percibir allí la maraña heteróclita de sus millones de edificios enhiestos.

«Allí viven los hombres», pensó Reseda con un poco de angustia en su garganta.

Muy pronto, el estratobús se encontró a unos metros nada más del módulo reventado.

—El caballo..., murmuraba sin cesar Muguete. El caballo.... ¿Adónde ha podido ir?

Gladíolo decidió efectuar una serie de círculos excéntricos para descubrir al animal. Rododendro echó una ojeada a las cifras del disco de a bordo. A medida que pasaban los minutos, el piloto iba adquiriendo más seguridad y manejaba el aparato con mayor destreza.

—¡Mirad, chilló Muguete saltando de su asiento. ¡Ahí está!

De improviso, el estratobús dio un pequeño giro que los echó a unos encima de otros embarulladamente. Gladíolo se hizo rápidamente de nuevo con el control del vehículo y se tiró en picado hacia la forma inmóvil del caballo.

Ya estaba el técnico ayudando a Reseda a enfundarse la escafandra y le ajustaba el casco.

—¡Contacto de radio!, le mandó.

—Oigo perfectamente, contestó Reseda.

Ciclamen seguía las operaciones un tanto intranquilo.

—Ahora tengo que efectuar la acometida del oxígeno, dijo el técnico. ¿Estás seguro de la traducción de las instrucciones que hay escritas?

—Completamente seguro, afirmó Ciclamen.

—¡El caballo huye!, gritó Muguete. Es imposible posarnos cerca de él... Se ha asustado del motor.

El caballo había emprendido un galope desenfrenado, seguido de cerca por el estratobús, que planeaba a una decena de metros de altura.

Era una carrera magnífica. Los cascos levantaban una espesa nube de polvo y la crin del animal flotaba como una cabellera loca. Su marcha era regular y Reseda pudo observar, en cada una de las zancadas, sus potentes músculos, tensos por el esfuerzo.

—¡Acabará por agotarse!, dijo el piloto.

—¡Posa en el suelo el estratobús!, ordenó Reseda. Iré yo sola a su encuentro.

—Podemos intentarlo.

El estratobús efectuó un aterrizaje impecable en el suelo desigual de la llanura. Lejos, el caballo había detenido su carrera. De vez en cuando se volvía, curioso, hacia el aparato parado, como si se tratase de un enemigo que emplease argucias incomprensibles.

Muguete tendió a Reseda un cabo rematado con un ancho collar magnético, y le recomendó:

—Es de todo punto indispensable que le pongas el lazo alrededor del cuello.

Reseda asintió y correspondió al apretón de manos de su padre con sus gruesas manos enguantadas. Pasó al segundo compartimento que le iba a servir de cámara. Delante de ella se abrió un tabique.

Hizo un gesto hacia atrás, a la vista del paisaje que se le presentaba. En seguida se reanimó. Saltó del estratobús y las suelas de caucho dejaron su huella en la tierra blanda.

Estaba hollando el suelo del mundo exterior.

A lo lejos, el caballo no se había movido. Se limitaba a volver de vez en cuando la cabeza hacia aquella forma grotesca que se le acercaba.

La voz de Ciclamen resonó en su casco:

—¡Reseda!

—Todo va bien..., contestó ella.

Cuando la muchacha estaba a un centenar de metros del caballo, éste se alejó al trote, no como si quisiera huir, sino como quien rehúsa entablar diálogo...

Se dirigía hacia cosas fantásticas: una barrera verdeante, una pared de columnas gigantescas, oscuras y rugosas, cuyas múltiples ramificaciones se extendían hacia el cielo.

Era como si el caballo hubiera sentido que se despertaba en él un instinto ancestral. O tal vez prefería simplemente estas formas móviles y pacíficas a la caricatura humana que se le acercaba despacio.

—¡Reseda!, gritó su padre. ¡No vayas más lejos!

Acababan de llegar a la memoria de Ciclamen, embarulladamente, recuerdos confusos, leídos y traducidos en los viejos libros. Tenía, evidentemente, datos sobre los vegetales, pero, en aquel momento crucial, hubiera sido incapaz de distinguir un baobab de una hortensia. Entre las informaciones que intentaba ordenar en su memoria, no podía distinguir entre los datos científicos y las leyendas más inverosímiles. Y algunas hablaban precisamente de plantas carnívoras... Pero ¿dónde había leído esta noticia espantosa: en un manual de botánica o en una novela de ciencia-ficción?

Reseda ya no oía nada. Ahora estaba como fascinada por el caballo. El animal parecía dudar. Seguramente estaba tan asustado como la muchacha ante ese universo oscuro y misterioso en el que se movían formas imprecisas...

Se detuvo en la linde, bien plantado sobre sus cuatro patas. Volvió hacia un lado la cabeza para observar con su ojo redondo e interrogador a ese torpe ser que seguía acercándose pacientemente.

Reseda caminaba cada vez más despacio por miedo de asustar al caballo. Pero él esperaba, intrigado. Su enorme cuerpo oscuro humeaba en aquel lugar fresco. Ahora, su crin pendía, despeinada, sobre su ancho cuello. Sus hocicos palpitaban. Una espuma blanca salía por la comisura de sus labios.

Saliéndosele el corazón del pecho, Reseda anduvo los últimos metros.

En el estratobús, nadie se atrevía a decir una palabra, como si el menor ruido hubiera podido dificultar la buena marcha de la expedición, como si el caballo hubiera podido oír sus voces.

Una fina hoja verde con los bordes dentellados cayó de las alturas y vino a terminar su viaje arremolinado sobre la grupa del caballo. El cuerpo de la bestia experimentó un fuerte estremecimiento. También Reseda, a la vista de aquella cosa ligera que parecía desplazarse en el aire de una manera inteligente, tuvo que contener un movimiento de retroceso.

Pensó por un segundo que todo se había terminado, que

el caballo iba a huir y que ella tendría que volver al estratobús y confesar que había presumido demasiado de sus fuerzas.

Pero no...

El caballo no se movió. Y Reseda se reprochó a sí misma su miedo.

Respiraba con un ritmo casi tan rápido como el animal. Se envalentonó y acarició el largo cuello que se le ofrecía.

El animal volvió hacia ella su enorme cabeza y miró con una expresión de extrañeza el rostro que deformaba el casco de plexiglás.

Instintivamente, se puso a hablar al caballo.

Del estratobús le llegó un murmullo:

—El lazo...

Con la emoción, Reseda había olvidado lo esencial. Con mil precauciones, pasó el lazo alrededor del cuello del animal y cerró el anillo magnético. Después, siguió acariciándolo con la palma de la mano.

Cuando estaba haciéndolo, Reseda tuvo una visión imposible: bajo las oscuras frondosidades, dos ojos amarillos y brillantes la estaban mirando.

La muchacha no volvió a la realidad hasta que la voz del piloto resonó en su casco:

—Llegamos, decía.

Cuando se acercó el estratobús, nuevamente el terror se adueñó del caballo, que se encabritó. El aparato se detuvo a una decena de metros. Reseda sujetó con más fuerza la extremidad del lazo; a duras penas pudo calmar al animal por segunda vez.

Contra lo que esperaban, apenas el caballo vio abierto el compartimento del estratobús se metió en él de buen grado. Reseda, extrañada, no tuvo tiempo más que de colarse tras él.

Ya las bombas de oxígeno hacían afluir dentro del módulo un aire bien dosificado, un aire estrictamente igual al de la ciudad.

4. El complot

COMO todas las mañanas, Piernas-Largas escrutó el horizonte. Pero, aquel día, su mirada no se detuvo en los grandes árboles: volvió la vista y contempló la Choza-de-la-Medicina...

Un poco retirada del pueblo, detrás del Monolito-de-las-Grandes-Cosas, esa choza era mayor que las demás. Ningún Ser-Humano podía entrar allí solo. Guardián-del-Pasado tenía el privilegio de dejar entrar en ella a quien él quisiera; además, era preciso que el visitante llevara alrededor del cuello el collar destinado a espantar a los genios maléficos.

Parte del plan de Piernas-Largas consistía en conocer hasta en los detalles más mínimos todos los secretos que ocultaba la Choza-de-la-Medicina.

Después de dudar un momento, Piernas-Largas se dirigió con paso decidido hacia el antro de Guardián-del-Pasado. Este estaba ya levantado: un hilillo de humo salía del techo de su cabaña.

Delante de la entrada, gritó Piernas-Largas:

—¡Hoo-ki [1], Guardián-del-Pasado! Un joven Bravo quiere hablarte. ¿Le permites que entre?

La voz del Viejo Sabio se filtró por entre el ramaje:

—Bien venido, Piernas-Largas. Entra, te estaba esperando...

Los ojos del Bravo tuvieron que acostumbrarse a la oscuridad que reinaba en la cabaña. Al fin, pudo distinguir al viejo sentado sobre un montón de hojas. Con un trozo de

---

[1] Palabras de saludo.

madera redondo golpeaba cadenciosamente sobre un trozo de corteza para suavizarla... Los huesos de las rodillas de Guardián-del-Pasado sobresalían como si quisieran agujerear la piel. Aquel Viejo Sabio era seguramente el Ser-Humano más delgado de toda la tribu.

Sus ojos negros, que las llamas de la chimenea hacían chispear en el fondo de sus órbitas, interrogaron al visitante.

De repente, sintiéndose a disgusto ante aquella mirada que parecía escudriñar hasta el fondo de su alma, Piernas-Largas apenas pudo balbucear:

—Bueno, Guardián-del-Pasado, yo quería... Es decir, yo pensaba...

—Parecías más decidido en el último Consejo, chirrió Guardián-del-Pasado, que continuó golpeando su corteza. ¿O es que has perdido la mitad de tu lengua cazando?

El joven Bravo consiguió serenarse:

—Perdona mi comportamiento del otro día, Abuelo. Tengo tantas cosas que decir que, con frecuencia, mi lengua va más deprisa que mis pensamientos...

—Vamos, vamos, rectificó Guardián-del-Pasado. No te quieras hacer pasar por más tonto de lo que eres. Dime más bien qué es lo que te trae aquí.

—Pues bien, esto es, dijo Piernas-Largas simulando estar avergonzado: durante el Consejo, estuve muy atento a lo que decías a los jóvenes Bravos cuando hablabas delante del Monolito-de-las-Grandes-Cosas. También escuché lo que contaba Noche-Negra. Es tanta la ciencia que poseéis los Viejos Sabios que me siento avergonzado de mi ignorancia...

Piernas-Largas dejó el tiempo suficiente para que Guardián-del-Pasado se pavoneara y prosiguió:

—Déjame entrar en la Choza-de-la-Medicina, enséñame los objetos sagrados. Ardo en deseos de que me hablen de las Grandes-Cosas-Pasadas.

El viejo, consciente de su importancia, dejó su trabajo y, metiendo la mano en una orza, sacó un collar. Este collar estaba hecho de habas secas, ensartadas en un bejuco; tenía tantos granos como el número de genios maléficos.

Guardián-del-Pasado puso el talismán alrededor del cuello de Piernas-Largas y le preguntó con inquietud:

—¿Has hecho ya, al menos, tus abluciones purificadoras?

—Sí. En este momento vuelvo del río, Abuelo, mintió el joven Bravo, porque era muy grande su impaciencia.

—Entonces, ayúdame a levantarme. Mis piernas ya no están fuertes, tú lo sabes, y mis músculos han perdido su agilidad.

Piernas-Largas cogió al anciano por el brazo y le ayudó a ponerse en pie.

La distancia que los separaba de la Choza-de-la-Medicina no era muy grande, pero el joven aún tuvo tiempo de preguntar:

—Dime, Guardián-del-Pasado, ¿por qué nos prohíbe la ley capturar los pájaros que vuelan y los animales que corren por el lindero del bosque?

El Sabio, contento por poder demostrar su saber ante un joven, explicó con untuosidad:

—Los monstruos que viven debajo de los grandes árboles se alimentan de esa caza. Si se la quitamos, tendrán hambre; entonces saldrán del bosque y vendrán a devorar a los Seres-Humanos...

—Ya entiendo, ya entiendo, dijo Piernas-Largas, que no creía una sola palabra. Al contrario, pensaba que los Viejos Sabios atizaban el temor en el corazón de los jóvenes Bravos con historias de esta clase.

¿Por qué los viejos se empeñaban con tanto ardor en mantener a la tribu enraizada en esta tierra inhóspita? ¿Tenían miedo de volver a ver a los hombres del rostro pálido? Y éstos..., ¿habían existido siquiera?

Guardián-del-Pasado desató las lianas que cerraban la entrada de la Choza-de-la-Medicina e hizo entrar al joven. En seguida, Piernas-Largas fue todo ojos para la Caja...

Por las tardes, alrededor del fuego, los Viejos Sabios se la habían descrito tantas veces a los jóvenes Bravos que la reconoció inmediatamente. Colocada sobre una peana de leños apilados, era fascinante, como cargada de misterio. Allí, en la penumbra, quedaba a la altura de los ojos.

Piernas-Largas, maravillado, estimó que la Caja no medía más de medio paso y que era de proporciones admirables. En la cara que tenía enfrente, vio el *signo* que venía de la noche de los tiempos: un círculo blanco, perfecto, en cuyo centro una cruz roja brillaba como una estrella.

Piernas-Largas dio dos pasos adelante y pudo distinguir, por encima de la cruz, las dos líneas de inscripciones que los Seres-Humanos no habían sido capaces de descifrar nunca. Se dio cuenta también de que el material que recubría la Caja se desconchaba, y sintió una punzada en el corazón.

—¿Puedo tocarla?... Con un solo dedo, precisó Piernas-Largas.

El viejo dudó, y acabó por aceptar:

—Con un solo dedo, sí. Y una sola vez.

El joven estiró su brazo.

Con delicadeza, puso su índice en la Caja y, para que la caricia durase más tiempo, lo deslizó por la superficie pulida, muy despacio, muy despacio...

A sus espaldas, Guardián-del-Pasado respetó su recogimiento. Luego frotó dos sílex, hizo saltar chispas y encendió una pipa.

Pero la curiosidad de Piernas-Largas pudo más que su admiración. Dirigió su mirada hacia el Viejo Sabio:

—Dime, Guardián-del-Pasado, ¿qué quiere decir exactamente la palabra caja? Y dime también... ¿para qué sirve este objeto? ¿Lo consideraban ya nuestros antepasados como una divinidad?

El viejo, perplejo, se frotó el mentón con su pulgar y reconoció con honradez:

—A decir verdad, nadie lo sabe. Este nombre viene de los tiempos en que había numerosas tribus sobre la tierra.

Una especie de ensueño tiñó las pupilas del Sabio y añadió con voz dulce:

—Por eso, hijo mío, la llamamos también Supervivencia

del Pasado. En cuanto a su utilidad, la habríamos podido saber descifrando los signos, pero ni siquiera nuestros mayores Sabios lo han logrado nunca...

El joven frunció el ceño. Todavía no estaba satisfecha su insaciable necesidad de saber.

—Supervivencia del Pasado no es de madera, ¿no es cierto? ¿Puedes decirme de qué material está hecha?

—Lo ignoramos. Es una materia que desconocemos. Sabemos únicamente que los antepasados la llamaban hierro.

Alrededor de la caja habían apilado piedras planas. En dos ángulos de la cabaña, llegaban hasta el techo. En estos bloques desmenuzables habían grabado, con un punzón de sílex, dibujos que representaban animales que vivían en el bosque..., ese bosque que rodeaba al poblado.

Ante la mirada inquieta de Guardián-del-Pasado, Piernas-Largas cogió con delicadeza cada una de las piedras y grabó en su memoria la forma de todos los animales que veía por primera vez.

Guardián-del-Pasado, tranquilizado por las precauciones que tomaba Piernas-Largas para manipular los objetos sagrados, se sentó en el suelo y se puso a dormitar. Pero el joven Bravo lo sacudió sin ninguna vergüenza y empezó a plantearle mil preguntas sobre esas extrañas criaturas. Se informó de sus peculiaridades, de su altura, de su alimento, de su peso...

El viejo dijo todo lo que sabía y Piernas-Largas pensó, por su parte, que Guardián-del-Pasado conocía muchas cosas sobre estos animales que él apenas había comenzado a conocer...

El joven examinó, además, las armas que habían pertenecido a los antepasado. ¡Eran impresionantes! La Choza-de-la-Medicina guardaba un arco, dos flechas y una lanza. Las puntas de la lanza y de las flechas no habían sido endurecidas con el fuego. Eran piezas adicionales, talladas en piedra. Se sujetaban por medio de un procedimiento ingenioso.

Cuando Guardián-del-Pasado volvió a anudar la liana de

la entrada, había un revuelo de nombres en la cabeza de Piernas-Largas: lobo..., pavo..., cabra..., canario..., ciervo..., conejo..., ganso..., caballo...

Después de dar las gracias con una voz débil a Guardián-del-Pasado, se alejó el joven Bravo, agobiado por el peso de su descubrimiento. Dio un gran rodeo para despistar, por si alguien lo estaba vigilando, y se fue a llamar a la cabaña de Manos-Cortas. Este ardía de impaciencia. En cuanto vio a su amigo le lanzó:

—¡Cuéntame!... ¿has visto los monstruos? Llevas el collar de los que han entrado en la Choza-de-la-Medicina.

—Sí, cuchicheó Piernas-Largas. Lo he conseguido. Guardián-del-Pasado no resiste al halago.

Manos-Cortas, maravillado y con un poco de envidia, dio rienda suelta a su curiosidad:

—Explícame: ¿has visto, pues, la Caja y las piedras sagradas? Dime: ¿cómo son los monstruos?

Piernas-Largas se sentó tranquilamente para impresionar. Puso sus manos delgadas sobre las rodillas y dijo por fin:

—Es extraño, Manos-Cortas. Algunos de esos animales tienen un aspecto terrible, pero otros no. Muchos parece incluso que son mansos. Uno de ellos, a fuerza de vivir en el bosque, tiene ramas que se le han clavado en lo alto de la cabeza. Ese animal es tan alto como un hombre y parece que no come más que hojas de árboles. Nuestros antepasados lo llamaban ciervo. Otro, no tiene más que un solo cuerno que le sale de la frente: es el unicornio. Guardián-del-Pasado piensa que nadie ha sabido nunca de qué se alimenta...

—¿Y los demás monstruos?, acosó Manos-Cortas, al que había impresionado esta descripción. ¿Son todos así de grandes?

—¡Seguro que no!, dijo Piernas-Largas, dándose importancia. Muchos de esos animales no nos llegan a la rodilla. Sin embargo, algunos pueden llegarnos hasta la cadera y hasta el hombro. La vaca, el asno y el carnero son de ésos y será preciso que no nos fiemos de ellos.

Piernas-Largas hizo una pausa. Se le ensombreció el rostro:

—También he obtenido datos sobre las plantas. Una de ellas, que se llama ortiga, está completamente cubierta de púas que hacen que la piel queme. Otra, tiene unos pinchos más largos todavía, pero, sin embargo, es menos temible; es el cardo.

Como Manos-Cortas abriera unos ojos como platos, Piernas-Largas precisó:

—El que es particularmente traidor es el rosal salvaje: produce unas flores muy bonitas, bajo las cuales esconde sus púas.

—Rosal salvaje..., murmuró Manos-Cortas. Sólo su nombre es ya una amenaza.

Piernas-Largas tuvo que tranquilizar a su amigo, que estaba al borde del terror:

—Serénate, hermano. Estas plantas son poco numerosas. Las demás, que son la mayoría de las que hay sobre la tierra, no dañan a los hombres. Antes al contrario, muchas pueden sernos útiles: son las que Noche-Negra, el brujo, llama Plantas-Medicinales. Pero mira, Manos-Cortas, a mí no es eso lo que me intranquiliza... Yo me pregunto cómo Guardián-del-Pasado puede saber todas esas cosas sin haber penetrado nunca en el bosque. Pienso que él va allí con Noche-Negra, sin decírselo a nadie; y eso me sugiere una idea...

Los dos cazadores tuvieron una larga conversación.

Cuando se separaron, la luna sombreaba ya el campo de los Seres-Humanos.

Durante tres días no fueron de caza...

Al cuarto día, por la mañana, Piernas-Largas volvió a la choza de su amigo. Iba tan ensimismado en sus pensamientos, que se olvidó de llamar a la puerta. Entró en la cabaña sin pedir permiso. Manos-Cortas, sorprendido, extendió precipitadamente una manta sobre el suelo, pero, al darse cuenta de que era Piernas-Largas, se tranquilizó y, con una sonrisa, dijo en voz baja:

—¡Ah eres tú! ¿Qué te pasa? Pareces preocupado.

—No, no, cortó el visitante. Antes al contrario, tengo todo muy claro. He reflexionado mucho y puedo asegurar que ahora sé ya tanto como los Viejos Sabios.

Y, bajando el tono de voz, preguntó:

—Y tú, Manos-Cortas, ¿cómo vas con tus preparativos?

Por toda respuesta, el joven Bravo levantó una esquina de su manta, al mismo tiempo que observaba la reacción de su amigo. El rostro de Piernas-Largas se llenó de alegría. Estaba viendo en el suelo, bien ordenadas, puntas de lanza y flechas talladas en sílex. ¡Eran enormes..., iguales a las que utilizaban los antepasados!

—¿Crees tú que estas armas serán lo bastante duras como para traspasar el cuero de los monstruos de los que me has hablado?, inquirió el minucioso Manos-Cortas.

Piernas-Largas sopesó una punta de lanza, pasó el dedo por el filo cortante y afirmó:

—¡Seguro! Son perfectas... Exactamente iguales a las que he visto en la Choza-de-la-Medicina. Con estas armas lograremos vencer a las fieras del bosque.

Piernas-Largas se dio cuenta de que, desde su visita a la Choza-de-la-Medicina, había borrado inconscientemente de su lenguaje la palabra ***monstruo*** para hablar sólo de ***animales del bosque***. Quizá era porque estos animales ya no le asustaban. Se sintió feliz hasta el fondo de su ser.

Manos-Cortas, concentrado en el asunto, no se dio cuenta del gran escalofrío que recorrió los músculos de su amigo. Frunció el ceño y dijo intranquilo:

—Por descontado, tendremos que fabricar arcos mucho más potentes para poder lanzar flechas también más pesadas. ¿Crees tú, Piernas-Largas, que tendremos fuerza para tensar esos arcos?

—En la linde del bosque he encontrado ramas de fresno. Esa madera es más flexible, más resistente y mucho más ligera que la que nosotros empleamos. Será nuestra solución.

—En ese caso, todo va a pedir de boca, asintió Manos-Cortas. Pero hay, por lo menos, otra dificultad: ¿Cómo haremos para sujetar bien las puntas de las lanzas y de las flechas a la madera? Entiéndeme, Piernas-Largas; eso es fácil hacerlo con un hacha, porque el mango y la piedra forman una cruz; es cosa de niños, juntarlas. Pero ¿cómo vamos a hacer para sujetar una punta de sílex en el extremo de un palo?

—Hay que perforar el bastón, meter la parte de atrás del sílex en el agujero y sujetarla con una liana muy fina. Eso no es nada... Cuando llegue el momento, te enseñaré cómo se hace. Dime, Manos-Cortas, algo que es más importante: ¿has hablado a los jóvenes Bravos que nos daban la razón en el último Consejo?

—Sí. Seis han tomado partido a nuestro favor y cuatro han dicho que ya darán la respuesta...

—¿Por qué siguen dudando ésos?, explotó Piernas-Largas. ¿Se han vuelto tan cobardes como los Viejos Sabios y como las mujeres?

Manos-Cortas manoseó una punta de flecha para fingir serenidad y confesó, molesto:

—No es eso, Piernas-Largas, y tú lo sabes bien. Sólo que dicen que tú hablas en voz alta y con fuerza en los Consejos y se preguntan si, una vez que tengamos las terribles armas que estamos fabricando, tus arrebatos no te llevarán a lanzarlas contra los Viejos Sabios para imponer tus puntos de vista.

Piernas-Largas se quedó literalmente boquiabierto:

—¿Cómo pueden imaginar que ninguno de nosotros, ni aun el más fogoso, pueda atentar contra la vida de un Ser-Humano? ¿No es tarea de todos salvaguardar la vida humana? ¿Quién de nosotros podría sobrevivir al deshonor, después de haber dado muerte a uno de sus semejantes?

Piernas-Largas ardía de indignación. Jamás un Ser-Humano se había atrevido a levantar la mano contra uno de sus hermanos..., al menos desde las hazañas guerreras de los antepasados.

Se oyó un ligero ruido a la entrada de la choza. Rápidamente, Manos-Cortas echó la manta encima de las puntas de piedra. Alba-Naciente se perfilaba a contraluz; el sol ponía una corona de luz en sus cabellos negros. La muchacha se colocó en el centro de la choza. Una sonrisa brillaba en su cara.

—¿Qué va a ser de los Seres-Humanos si los grandes cazadores están charlando en sus cabañas todo el día?, dijo con un mohín burlón.

Como los dos jóvenes, sorprendidos, no respondieran ella siguió mofándose:

—Doble-Luna dice que esta mañana ha visto merodear un erizo por el lado del río ¿Tenéis tanto miedo a ese terrible animal para quedaros encerrados como mujeres enfermas, o es que tenéis otros motivos?

—Deja de pinchar a estos hombres, dijo Sonrisa-Tímida que acababa de entrar.

En un brazo llevaba a un bebé y en el otro un cesto lleno de nabos. Autoritariamente, dejó al niño en brazos de su marido y dijo:

—Cuida de tu hijo, Manos-Cortas. Yo tengo que llevar raíces a Voz-de-Trueno.

Piernas-Largas se dio cuenta de que Sonrisa-Tímida llevaba aún a sus espaldas la cuna del hijo muerto. Estaba llena de hojas secas en señal de duelo.

Piernas-Largas salió a continuación de Sonrisa-Tímida. E hizo que saliera con él Alba-Naciente. Quería dar tiempo a que Manos-Cortas ocultara las armas antes de la vuelta de su esposa.

Fuera, vieron a Noche-Negra que les echó una mirada enigmática. Piernas-Largas cogió con viveza de la mano a Alba-Naciente y dijo en voz alta para que el otro lo oyera:

—Ven, vamos a bañarnos al río.

A Piernas-Largas nunca le había gustado la mirada dura de Noche-Negra.

¡Bah!... De momento, lo que quería era alejarse con la muchacha. ¿Qué es lo que ella había visto realmente en la choza de Manos-Cortas? ¿Cuánto tiempo hacía que estaba ella allí, escuchándolos?... Curiosa, como todas, no dejaría de preguntarle si había visto las nuevas armas. ¿Qué hacer entonces?

Piernas-Largas aún no lo sabía.

Una vez que llegaron a la orilla del agua, Alba-Naciente cogió una brizna de hierba y, jugueteando con ella, preguntó ingenuamente:

—Tú eres muy joven para llevar el collar de los que han entrado en la Choza-de-la-Medicina. ¿No ha podido aguardar tu curiosidad a que tus cabellos se cubran de nieve?

Con todos sus sentidos al acecho, el cazador cogió el cable que le tendían:

—Eso es... Lo has adivinado. Me avergonzaba de mi ignorancia y quería saber.

En las pupilas de Alba-Naciente se entrevió una larga mirada llena de interés por el joven:

—Entonces, has visto las fieras dibujadas en las piedras. ¿Son tan terribles como dicen los Viejos Sabios?

Piernas-Largas, por precaución, respondió evasivamente:

—Efectivamente, algunas son terroríficas, pero no todas.

—Las que lo son..., ¿lo son hasta tal punto, Piernas-Largas, de hacerte renunciar a la idea de penetrar en el bosque?

El cazador se sobresaltó:

—¿Quién te ha dicho que yo tuviera esa intención?

—Tú mismo lo dices a gritos en los Consejos.

Luego, viendo que el joven Bravo se turbaba, propuso:

—Ahora, vamos a bañarnos. Muy pronto los tambores tocarán a descanso.

La muchacha deslizó el taparrabos por sus piernas esbeltas, y, desnuda, preguntó de repente:

—¿Por qué no has intentado nunca frotar tu nariz contra la mía? Muchos otros jóvenes lo han pretendido, tú lo sabes.

Piernas-Largas soltó una carcajada y, desnudo también él como una culebra, se lanzó al río...

Después de haber jugueteado echándose agua, se secaron revolcándose en la arena menuda de la playa. Ya se había puesto Piernas-Largas su taparrabos cuando se quedó parado en estado de alerta:

—¡Cállate! ¡Escucha!, ordenó a Alba-Naciente que canturreaba una melopea.

Se volvió a oír el ruido. Era un gemido débil, pero el cazador lo localizó en seguida. El lamento venía de detrás de una zarza espinosa.

Piernas-Largas se deslizó con cuidado por entre los hierbajos. Estiró el cuello y descubrió un cuerpo acurrucado: Noche-Negra se retorcía de dolor; salía sangre de su pantorrilla. En sus ojos se reflejaba el terror.

—¡Ayudadme! Estoy herido, dijo con un murmullo.

—Vamos a ayudarte, Noche-Negra, aseguró Piernas-Largas para tranquilizar al brujo. ¿Puedes decirnos qué te ha pasado?

Noche-Negra gesticuló y balbuceó débilmente:

—Estaba en la linde del bosque cogiendo plantas medicinales para Tres-Ojos que está muy enfermo cuando sentí que me agarraban de una pierna. Una fiera abominable, que echaba fuego, había plantado sus zarpas en mi pantorrilla. Por suerte, otro monstruo, más terrible aún, cubierto totalmente de escamas, vino para quitarle la presa. El primer monstruo tuvo que dejarme para detener el ataque del segundo. Yo aproveché para escapar arrastrándome hasta aquí.

El brujo estuvo a punto de perder el conocimiento. Alba-Naciente aprovechó para examinar minuciosamente la pierna del herido. Cubrió las heridas con las hojas del sauce que crecía a la orilla del río. Luego, ayudó a Piernas-Largas a llevar al viejo hasta el pueblo.

Guardián-del-Pasado hizo llevar el cuerpo jadeante a su choza. Durante el corto trayecto y a pesar de su evidente debilidad, Noche-Negra logró contar su desventura a todos los que le rodeaban.

Alba-Naciente clavó su mirada en la de Piernas-Largas. Dándose cuenta de su emoción, lo cogió de la mano y se lo llevó aparte. Allí, lejos de oídos indiscretos, preguntó al cazador:

—¿Has visto en la Choza-de-la-Medicina la figura de un monstruo que echa fuego?

El Bravo se concentró un instante y dijo con seguridad:

—No. Ninguno tenía esa particularidad. Guardián-del-Pasado no me ha hablado de semejante animal.

—Es lo que yo pensaba, dijo la muchacha. He mirado detenidamente la herida del brujo y, si quieres saber mi punto de vista, simplemente se ha pinchado con las espinas de la zarza...

—¿Estás loca?, se extrañó Piernas-Largas. ¿Por qué iba a montar entonces toda esa historia de los monstruos?

Alba-Naciente apretó aún más fuerte los dedos del cazador y le dijo en tono confidencial:

—Imagínate, Piernas-Largas, que Noche-Negra sospecha que tú quieres infringir la ley. Imagínate que él te cree capaz de llevar a los jóvenes Bravos al otro lado de los grandes árboles... Esa historia del monstruo que echa fuego es capaz de enfriar a los más ardientes, ¿no?

Y, con un guiño de complicidad, prosiguió:

—Porque a tales monstruos, Piernas-Largas, no se les puede combatir con armas normales. Ni siquiera con las enormes puntas de sílex que Manos-Cortas fabrica en secreto.

El joven Bravo contempló a la muchacha. En sus ojos leyó una especie de connivencia.

Vio también otra cosa...

Entonces, sin decir una palabra, puso sus manos alrededor de su cuello y, atrayéndola hacia sí, frotó suavemente su nariz contra la de ella...

5. La anomalía

HACIA ya casi diez días que había ocurrido el accidente. A la vuelta del estratobús, se habían encargado del cuidado del caballo los responsables del Museo 4, con Rododendro a la cabeza. El animal parecía que no había sufrido el más mínimo daño por su prolongada estancia en la atmósfera exterior. Los especialistas habían estudiado el problema... Ninguna declaración oficial se había hecho al público.

Durante nueve días el museo se había llenado: las circunstancias excepcionales de la venida del caballo, su salvamento, habían duplicado la curiosidad de los doscientos veinte millones de habitantes de la Ciudad 4.

Por la mañana, Ciclamen había recibido una llamada a través del videófono. Reseda pensó que se trataría de su madre. En principio, ella debería volver de la Ciudad 3 dentro de unos días. Pero la llamada no era de Violeta...

Cuando Ciclamen salió del tridihall, parecía tan trastornado que Reseda gritó:

—¿Ha ocurrido algo?

—Sí, asintió su padre. El caballo...

—¿Qué?

Ciclamen estaba confuso. No sabía cómo explicárselo a su hija...

—Como acabas de decir, Reseda, algo ha pasado. Pero nadie sabe con exactitud qué. Rododendro me ha llamado hace un instante. Tengo que ir para juzgar el estado del animal.

—Te acompaño.

Reseda esperaba una negativa por parte de su padre. Sin embargo, él dijo en seguida:

—Iba a pedírtelo. Pienso que tu presencia es indispensable.

Reseda se quedó sin palabras. ¿Era tan grave?

La oficina de Rododendro era una verdadera leonera. Reseda, al entrar, se olvidó momentáneamente del caballo y no sabía hacia dónde mirar: era la primera vez que tenía acceso a aquellos lugares y su extrañeza iba en aumento a medida que miraba detalladamente la estancia.

Lo que atrajo inmediatamente su atención no fue el teclado central, tras el que se había instalado Rododendro, sino la cúpula circular que servía de pared. Detrás de ella, se extendía en armonioso desorden la más fantástica panoplia de objetos diversos que Reseda había visto nunca: allí estaban, en palpable realidad, las cosas más dispares. Cierto que Reseda podía conectar en su casa una cajita negra con el proyector en relieve del tridihall y ver surgir la figura de un monstruo y escuchar el comentario monótono de su historia... Pero aquí tenía ante sí el objeto mismo. Unos ejemplares únicos que lograron franquear cuatro mil años...

Rododendro se acercó a la muchacha.

—Impresionante, ¿no es cierto?, le preguntó no sin un puntito de orgullo. Aquí hay piezas únicas. Ni siquiera en el Museo 1 tienen ejemplares tan raros...

Dándose un poco de importancia, Rododendro señaló a Reseda una cosa redonda y plana que estaba al lado de una caja de cartón.

—¿Sabes de qué se trata? ¿No? Pues bien, en otro tiempo era un alimento apreciado por los gastrónomos. Al objeto blancuzco, de forma circular, se le había cortado un pedazo. Del tajo que se había hecho, había fluido un poco de la materia blanda que contenía, formándose un charquito espeso.

—¿Y qué interés tenía esto?, preguntó Ciclamen.

Con gesto de persona entendida, el director puso un dedo sobre su nariz y dijo:

—El olor...

Rododendro accionó una pequeña palanca a un lado de la vitrina, y una ligera emanación llegó a las narices de los dos rostros inclinados.

Reseda hizo un mohín y Ciclamen soltó una palabrota.

—¿Es una broma?

—En absoluto, dijo Rododendro completamente desconsolado al ver que sus huéspedes no apreciaban el olor con el debido respeto.

—No pensarás hacernos creer que nuestros antepasados se comían *esto,* dijo Reseda.

—El producto ha debido deteriorarse en el curso de los siglos, sugirió Ciclamen. Ha sufrido una gran fermentación. Sí... ¡Puah!... Eso apesta.

—De ningún modo, afirmó Rododendro. Está en un estado perfecto de conservación.

—¿Y... cómo se llamaba esta cosa tan repugnante?

—Queso Camembert.

Reseda se apretó las narices y volvió la cabeza. En seguida atrajo su atención otro objeto.

—¿Y esto?, preguntó.

De un tirón, Rododendro descorrió la pantalla de energía protectora.

—No era necesario, protestó Reseda. Lo veía muy bien.

—¡Bah!..., dijo Rododendro, magnánimo. Unos segundos al aire libre no podrán deteriorarlos más. Cogedlo en la mano. Sí, si... si es que podéis.

Reseda cogió la cosa con respeto: era un bloque desigual sujeto a un mango y confeccionado de una materia extraña. El objeto era muy pesado.

—Es un hacha de guerra, explicó Rododendro. Es de sílex y ha sido tallada por el hombre. El mango es de madera. Una materia viva, o casi viva.

—¿Y para qué servía?, preguntó Reseda.

—Para matar, respondió Rododendro. Es probable que

el hacha que tienes en la mano haya aplastado bastantes cráneos...

Ciclamen apenas pudo coger el objeto que Reseda acababa de soltar por la sorpresa.

—Tú tienes la culpa, le respondió Ciclamen. Esta muchacha está poco habituada a las costumbres antiguas. La has asustado.

—¿Es posible eso?, preguntó Reseda. Os estáis burlando de mí.

El rostro de Ciclamen se puso serio:

—En otro tiempo, los hombres mataban a los animales para alimentarse con su carne. Incluso a veces se mataban entre sí, por razones que hoy nos parecen inverosímiles. Pero hace tanto tiempo ya de eso... Era el período anterior al Hombre civilizado.

Rododendro negó con la cabeza. No le disgustaba poder demostrar su superioridad ante uno de sus colegas.

—No exactamente. Esta hacha ha sido fabricada en el siglo XVII. Por tribus que habían permanecido en estado salvaje, y que, por otra parte, no habitaban lejos del lugar en que ha sido construida nuestra Ciudad 4.

Reseda se dejó llevar por el ensueño. Salió de él, al escuchar la voz de Muguete en el videófono:

—¿Rododendro? ¿Quieres venir lo más rápidamente posible? El estado del caballo parece empeorar.

Rododendro, Ciclamen y Reseda fueron corriendo a la sala de exposición.

La muchacha alargó la mano hacia el animal y casi al instante sintió la pantalla de energía repulsiva. Por otro lado, su padre se acercó a la peana reluciente en que estaba tendido el caballo.

Se le había reservado la mayor sala del museo al último representante de la raza animal. La multitud circulaba alrededor de él por un transportador; así podían observar al caballo desde todos los ángulos. Fuera, había una cola de varios centenares de metros.

Muguete vino a su encuentro. Su cara denotaba preocupación.

—¿Duerme el caballo?, preguntó Reseda.

—No, afirmó Muguete. Cuando duerme, normalmente lo hace de pie. El hecho de que esté tumbado desde hace tanto tiempo me preocupa. Nunca lo he visto con esta apatía...

Reseda no hizo ninguna reflexión. ¿Dormir de pie?... En fin, por algo Muguete había sido designado como guardián del animal. De seguro, él sólo debía saber sus costumbres y reacciones.

Reseda notó que se había operado una gran transformación desde el día en que ella había efectuado el salvamento: el caballo era entonces elegante, vivo, lleno de fogosidad y de vida. Hoy, parecía muy abatido.

A la vista del animal tan postrado, se pintó la consternación en el rosto de Rododendro. Reseda no pudo menos que comparar la cara del director con la del caballo: el mismo aspecto lastimoso, el mismo espinazo inclinado. Decididamente, el director no tenía suerte con su ejemplar único.

—¿Habéis visto?, preguntó, acercándose a la peana.

Ciclamen asintió con la cabeza, preocupado.

—Incomprensible, prosiguió Rododendro. Si lo hubiéramos encontrado en ese estado cuando lo recuperamos hace diez días, me hubiera inquietado, pero no me habría extrañado. Por el contrario, en ese momento estaba completamente normal. Sin embargo, en esta sala goza de condiciones de vida estrictamente idénticas a las del Museo 1. ¿No es cierto, Muguete?

El encargado del caballo asintió. Ciclamen examinó atentamente al animal.

—Después de todo, concluyó, es posible que los efectos nocivos de la atmósfera exterior no tengan repercusiones inmediatas. Quizá el animal los esté padeciendo con retraso...

Rododendro negó con la cabeza.

—Tenemos la certeza, comenzó a decir, de que la estancia del caballo en el exterior no es la causa de su estado actual.

Ciclamen se encogió de hombros.

—Yo no estoy tan seguro, dijo. No se puede negar que hay alguna relación entre su estancia en el exterior y su estado actual.

—La composición del aire exterior no ha podido afectarle nada, aseguró Rododendro.

Los demás enarcaron las cejas. Rododendro esperó algunos segundos para causar mayor impacto. Luego soltó:

—El aire exterior y el aire de la ciudad tienen la misma composición.

En todos los rostros apareció el asombro. Sólo Ciclamen, quizá, hubiera podido esperar un descubrimiento de este género; pero no pudo menos de abrir unos ojos como platos ante esta revelación inverosímil.

Rododendro continuó:

—De común acuerdo, el técnico y el piloto que participaron en el salvamento decidieron hacer una toma de la atmósfera. Recogieron una muestra de aire en el segundo compartimento del estratobús, en el mismo que recuperamos al caballo. Los análisis son concluyentes: la composición del aire exterior es casi idéntica a la que nuestro reactores químicos distribuyen en las cuatro ciudades.

—¿Casi?..., preguntó Ciclamen.

—0,3 % de nitrógeno menos, 0,3 % de oxígeno más. En otras palabras, una diferencia de detalle.

—Si entiendo bien, exclamó Reseda, yo habría podido muy bien salir sin escafranda.

—Sí. Y esto explica, por otra parte, por qué el caballo no ha sucumbido al respirar el aire exterior.

Ciclamen sonrió ligeramente y murmuró:

—Este descubrimiento puede trastornar todo nuestro sistema de vida. Ahora que sabemos que el aire exterior es respirable, ¿por qué hemos de quedarnos en las ciudades? Después de todo, ya no conocemos nada de nuestro planeta. ¡Qué fuente tan maravillosa de nuevos descubrimientos!

Rododendro le lanzó una mirada despavorida, como si Ciclamen acabara de decir una barbaridad.

—¿Y qué interés tendría eso? ¿Qué ibas a hacer tú en el exterior? La vida se encuentra en las ciudades, exclusivamente en las ciudades. Por otra parte, os pido que mantengáis en secreto esta revelación. Las autoridades de las cuatro burbujas nos han pedido no revelar este descubrimiento. De hecho, eso no resuelve nuestro problema y no explica el cambio evidente del caballo desde hace tres días.

—¿Qué significa ese abatimiento repentino?, preguntó Reseda.

La muchacha estaba inquieta. Desde que había visto al animal tendido de costado, incapaz de la menor reacción, la atormentaban sombríos presentimientos.

Rododendro anunció con aire preocupado:

—Nos tememos que el caballo muera antes del Cap [1]. Tiene ocho años. En principio, tiene por delante casi un siglo de vida. Pero se encuentra en un estado semejante al de la yegua, su madre, cuando murió: aunque es mucho más joven, está tan débil como ella.

—¿Y si intentáis hacerle un tratamiento de R.D.C.?, propuso Reseda.

—Los especialistas de R.D.C. efectuaron ayer uno. El caballo se encontraba en ese estado de somnolencia desde hacía dos días y habíamos pensado que era prudente arriesgarse a un tratamiento de regeneración puesto que su estado no mejoraba. Pero ese tratamiento no ha servido de nada.

El director se cogió la cabeza entre las manos.

—Estoy en una situación desesperada, dijo. Si muere antes de la fecha prevista, nos será imposible tomar una de sus células sanas para crear con ella un ejemplar destinado a la posteridad.

—Muy bonito, se sublevó Muguete, pero sobre mí es

[1] *El Cap:* límite biológico del envejecimiento después de los tres tratamientos R.D.C., o sea, aproximadamente 250 años.

sobre quien va a recaer la responsabilidad. Yo era el encargado del caballo.

—¡Nadie te acusa!, explotó Ciclamen.

Reinó un pesado silencio. El altercado de los dos hombres había sorprendido a Reseda por cuanto tales estallidos de voz habían desaparecido de las ciudades. La muchacha observó con cierta inquietud esa alteración súbita de los humores, ese acaloramiento anormal de los ánimos.

—De momento, preguntó Ciclamen, me gustaría saber qué elementos de juicio tenéis sobre el estado del caballo para alarmaros de esta manera.

—¿Quieres decir... qué es lo que parece anormal en su comportamiento?, preguntó Muguete. Eso es sencillo, mirad: prefiere estar tumbado a estar de pie. Su respiración es más rápida. Tiene mucho más calor que de ordinario. Sus ojos lagrimean. De sus narices sale un líquido.

El padre de Reseda se sobresaltó: eso es lo que confirmaba sus sospechas.

—Nada prueba que vaya a morir, dijo Rododendro. Pero los especialistas R.D.C. que lo han examinado atentamente aseguran que su debilitamiento se acentúa de una manera alarmante e incomprensible. Los síntomas que manifiesta son totalmente desalentadores.

—En fin, preguntó Reseda, ¿para qué nos has hecho venir Rododendro? Si los especialistas R.D.D. se sienten incapaces de regenerar al caballo, no veo en qué podemos serte útiles nosotros.

—Por muchas razones. Por una parte, nos gustaría saber si notaste alguna cosa anormal cuando saliste a buscar al caballo. Tal vez tengas tú, sin saberlo, la explicación que necesitamos... Por otra parte, Ciclamen, que es uno de los mayores especialistas en lenguas antiguas, posee documentos, informaciones inéditas sobre este animal, que nos explicarán la causa que ha provocado su estado.

Reseda repasó rápidamente en su memoria el film del salvamento.

Como en un relámpago, se le aparecieron de nuevo los ojos fosforescentes que había visto entre las columnas oscuras... ¿Es posible que esa aparición tuviera alguna relación?

De ningún modo. Y, como esa mirada la perseguía hasta en sueños, prefirió borrarla rápidamente de su recuerdo.

—No, confesó. En verdad, no veo... No se hirió, no se cayó...

—Hay mil posibilidades más, masculló Rododendro: ha pisado un suelo lleno de polvo, ha rozado vegetales desconocidos.

—Creo saber...

Ciclamen no había hablado en voz alta, pero todas las miradas se habían vuelto hacia él. En los ojos de Rododendro se había encendido una chispita viva: el interés, la esperanza comenzaban a renacer en las pupilas del director. Ciclamen se concentró un instante.

—Yo me acuerdo de un texto del Período Prepolución que hablaba de esos síntomas, comenzó a decir.

—¡Ese texto! gritó Rododendro. ¿Dónde está? ¿Podrías encontrarlo?

—Sin duda. Pero eso no resolvería el problema: el caballo está *enfermo*.

Le venían a la memoria nombres extraños, descubiertos en los libros: gripe, tortícolis, lumbago, forunculosis...

—Enfermo, repitió dócilmente Rododendro como un alumno que aprende la lección. Enfermo. ¿Es decir?...

Ciclamen estaba muy violento: ¿cómo transmitir a sus interlocutores la facilidad con que él se movía con la imaginación entre ideas, palabras, conceptos que se contenían en las lenguas P.P.P.?

El rostro de Muguete se iluminó:

—Ya entiendo. Unas veces el caballo está contento, otras está triste... Su actitud entonces es diferente. En este momento, está enfermo.

Añadió con tono resuelto:

—Seguramente hay algún medio de arreglar esto. Voy a modificar ligeramente su alimentación, voy a hacerle correr en un espacio más amplio. Vais a ver...

—No, dijo Ciclamen. No se trata de un cambio de humor, sino de un deterioro profundo de su organismo. Y la causa de ese deterioro es un virus.

—¿Un *virus*?

De nuevo, Ciclamen tuvo que acudir a todos los recursos del lenguaje común para traducir esas nociones olvidadas.

—Microbios, una multitud de animales microscópicos que se han introducido en el interior del caballo y que minan poco a poco su salud.

—¿Su *salud*?

Adelantándose a las numerosas preguntas que iban a surgir al enunciado de ese nombre antiguo, Ciclamen continuó:

—La salud, eso es... ¡Lo contrario de la enfermedad! Pero sigamos...

Rododendro rumiaba otra idea:

—¡Otros animales!, exclamó. ¡Pero eso es fantástico!

—Calma tu entusiasmo, replicó Ciclamen. Mejor es que te diga que los antiguos hacían una guerra sin cuartel contra los virus. Su proliferación en algunos casos fue catastrófica. Era el comienzo de lo que ellos llamaban una epidemia.

El director del museo agachó la cabeza.

—Sin embargo, tiene que haber una solución, murmuró.

—Sí: matar los microbios.

Rododendro, Reseda y Muguete tuvieron un sobresalto: la idea de matar se había convertido en algo tan absurdo, tan impensable que no podía despertar otra cosa que reprobación. Además, Rododendro no tomaría nunca con toda seguridad la decisión de eliminar por las buenas animales, aunque fueran microscópicos.

—Si no lo hacemos, decretó Ciclamen, serán los microbios los que matarán al caballo.

—¿Piensas en realidad que ésa es la única solución?

—Y además..., replicó Ciclamen con preocupación. Además sería preciso que encontráramos el modo de eliminarlos...

—¡Vamos!, dijo Rododendro que ya había recobrado la

sonrisa. Tengo absoluta confianza en nuestros medios actuales.

—¡Demasiada confianza!

Ciclamen, a su vez, estaba exasperado. Cierto que él vivía en su pequeño mundo aparte; cierto que no era tarea fácil que los hombres del siglo LXII comprendieran siempre su universo prepolución. Se le podía tachar de estrafalario y orgulloso, pero él conocía suficientemente la civilización que constituía el tema de su tesis como para poder levantar un poco el tono de voz.

—Tú crees que ya tenemos resueltas todas las dificultades, lanzó a Rododendro. Imaginas que no tenemos más que mandarlo a los ordenadores y ya están arregladas las cosas. Es verdad que se han hecho grandes progresos desde los tiempos antiguos, pero basta un olvido en la reprogramación para que un estratobús pierda uno de sus módulos. Y piensas que todo se va a arreglar por el simple hecho de que hemos eliminado las enfermedades y de que somos capaces de prolongar hoy la vida humana. Pues bien, nuestros antepasados no tenían ciertamente nuestro grado de evolución;pero al menos sabían cómo combatir las enfermedades.

Rododendro había perdido ya mucha de su confianza. La última frase de Ciclamen le dio el golpe de gracia:

—¿Las enfermedades?... farfulló. ¿Existen pues... varias enfermedades?

—Multitud de ellas, barbotó Ciclamen. Nos hallamos enfrentados con una serie de problemas. Si queremos curar al caballo...

—*¿Curarlo?*

—Regenerarlo, si prefieres; volverlo a poner en su estado habitual... Bien, necesitaríamos ante todo localizar la clase de virus de que ha sido víctima. Luego, tendríamos que encontrar el remedio, es decir los productos que eliminarían rápidamente los seres microscópicos que lo han invadido.

—Entiendo, dijo en voz baja Rododendro, cuyo rostro se había vuelto a ensombrecer. Ciclamen, tus conocimientos van a sernos muy preciosos. Vamos a necesitarte...

—¡Si yo pudiera hacer algo! Pero no puedo hacer otra cosa que explicaros la situación. Si estuviéramos en el siglo XX, ni se plantearía siquiera la cuestión: los antiguos habían construido fábricas para hacer lo que ellos llamaban medicamentos. Bueno..., quiero decir: antídotos.

—Ciclamen, replicó con suavidad Rododendro, tienes que encontrar en los textos antiguos cuáles son las enfermedades del caballo y los remedios para... curarlo.

Reseda pensaba que todo eso era muy complicado... Muguete, que había asistido a la conversación sin rechistar, se cogió la cabeza entre las manos.

—No lo conseguiremos nunca, se lamentó.

—El problema es complejo, confesó Ciclamen, pero es posible que tengamos éxito. Yo me voy a poner a trabajar inmediatamente.

Ciclamen hizo una pausa y pensó para sí a fin de no complicar las cosas: «Aún nos quedará fabricar los medicamentos en cuestión.»

—Creo acordarme, siguió en voz alta, que los antiguos habían fundado una organización internacional para ayuda contra las enfermedades...

Ciclamen cerró los ojos y llegó incluso a ver con la imaginación el símbolo que la caracterizaba: una cruz roja en medio de un círculo blanco.

De repente, todas las miradas se volvieron hacia Muguete. Este acababa de tomar una postura extraña: improvisadamente crispado con todo su cuerpo, se levantó con brusquedad haciendo una gran inspiración y resopló con fuerza por la nariz. (Lanzó un *achís* sonoro hacia el auditorio extrañado).

—¡Muguete!, preguntó el director. ¿Qué es lo que te pasa?

Muguete, maravillado él también por su intervención involuntaria, se excusó:

—Nada... Yo... Me ha venido solo, involuntariamente. Me parece que...

El encargado del caballo cerró bruscamente los ojos: la

nariz le cosquilleaba desagradablemente. El trató de evitarlo... Pero, no. No podía hacer nada.

Emitió un sonido semejante al primero, mientras brotaba de su boca un géiser de perdigones invisibles.

Rododendro, Reseda y Ciclamen examinaban con un asombro divertido aquel fenómeno chusco.

—¿Qué te ocurre?, preguntó Reseda.

—En realidad, no sé qué me ha pasado.

Muguete parecía muy confuso. Se sentía vagamente culpable, como si hubiera cometido en público un acto vergonzoso o reprensible.

Si se le hubiera dicho que acababa simplemente de estornudar, seguramente no habría comprendido las consecuencias imprevisibles que este hecho iba a traer en el futuro al mundo civilizado.

6. La gripe

PIERNAS-LARGAS estaba muy intranquilo: desde hacía dos días, los ojos de Manos-Cortas brillaban en el fondo de sus órbitas de un modo anormal. Varias veces le había visto pasarse la mano por la frente húmeda. Sus gestos habían perdido la precisión acostumbrada.

La víspera había muerto Tres-Ojos. Noche-Negra le había aplicado sus más eficaces medicinas, pero no había conseguido salvarlo. Sin embargo, los Seres-Humanos habían visto al brujo ayunar dos días enteros. Luego, armado de sus talismanes más poderosos, se había ido a los linderos del bosque para coger las plantas medicinales.

Los remedios de Noche-Negra ni siquiera habían aliviado al enfermo, y la vida había huido del cuerpo de Tres-Ojos, lo mismo que pasa el agua a través de una tela agujereada... Inexorablemente.

Ahora, el cuerpo yacía en el centro del pueblo, en la estera de los muertos. La mujer de Tres-Ojos se había cortado la cabellera en señal de duelo y sus parientes se habían arañado el rostro. Todos los que habían querido a Tres-Ojos se habían cubierto la frente con ceniza. El poblado de los Seres-Humanos retumbaba con las lamentaciones.

Y Piernas-Largas veía cómo la fiebre invadía los ojos de Manos-Cortas, quien, desde la víspera por la tarde, no había salido de su choza.

El retumbar de los tambores tapó los cantos fúnebres. Los Bravos se reunieron en la puerta de la cabaña de Voz-de-Trueno.

El jefe se había revestido su capa de ceremonias, confeccionada con lianas entrelazadas. Su mirada recorrió los

Bravos y, con voz pausada, pronunció las palabras rituales:

—Esta noche, en sueños, el Espíritu-de-la-Vida me ha dicho que el alma de Tres-Ojos quería dejar su cuerpo. Ella quiere marcharse con el Wa-Kan-Da, que vive en el maravilloso país de las cacerías eternas. Pero no podrá marcharse hasta que el cuerpo de Tres-Ojos haya sido colocado en el estrado funerario que los Seres-Humanos tienen el deber de levantar para sus muertos...

Voz-de-Trueno dio un paso de lado para dejar libre la entrada de su choza. Entonces apareció Noche-Negra, pintado desde la cabeza hasta los pies. Estaba en trance. En su mano izquierda llevaba la pipa sagrada. Su mirada inerte se posó sobre la multitud..Y dijo con voz temblorosa:

—Bravos, ved este humo que sale de la pipa-medicinal. Este humo acaba de hablarme. Me ha indicado quiénes van a ser los que construyan el estrado de Tres-Ojos. Tú, Sol-Rojo, tú has sido elegido, y tú también, Sin-Huella. Y también tú, Sombra-Transparente, y Piernas-Largas. Id ahora los cuatro, id a preparar el estrado de donde saldrá el alma del difunto. Id. Esto es todo.

Instintivamente, los cuatro Bravos se acercaron unos a otros. La multitud se apartó respetuosamente a su paso... Las palabras de Noche-Negra acababan de constituirlos en seres aparte.

Piernas-Largas estaba sin duda muy orgulloso de haber sido elegido. A pesar de todo, se preguntaba si no sería un ardid del brujo. Los tres jóvenes Bravos elegidos con él eran los que estaban más decididos a participar en el raid que preparaban. Ahora bien, un Bravo que levantaba la sepultura de un muerto no podía tocar un arma hasta que la luna no hubiera vuelto a recuperar la forma que tenía en el momento de la defunción.

En fin, la tarea sagrada absorbió completamente los pensamientos de Piernas-Largas. Los Bravos clavaron en el suelo cuatro grandes estacas encima de las cuales pusieron una plataforma. El cuerpo de Tres-Ojos tenía que reposar allí por toda la eternidad.

El trabajo estaba prácticamente terminado cuando apareció el rostro de Noche-y-Día por entre las estacas. Viéndose descubierto, se plantó delante de los Bravos, al mismo tiempo que se restregaba maquinalmente la fea herida que tenía en la frente. Lleno de admiración, constató:

—¡Qué hermoso catafalco! Tres-Ojos se pondrá contento al verlo.

Lanzó un suspiro y añadió:

—Lamento tener que reconocer que no haréis uno tan bonito para mí...

—¿Por qué piensas eso?, preguntó Sombra-Transparente.

—Porque yo no lo necesitaré nunca, por el hecho de ser inmortal.

Para no herir a Noche-y-Día, los jóvenes contuvieron la risa. Todos conocían la desventura que le había ocurrido durante una gran tormenta.

Noche-y-Día clavó sus ojos inquietantes en los de Sombra-Transparente.

—Ya lo sé, ya lo sé, dijo con voz áspera. Todos me creen aquí loco desde el día en que, en medio de un gran estruendo, saltó un rayo desde una nube hasta mi cabeza. Muchos andan diciendo que el fuego del cielo me arrancó el espíritu del cuerpo. Pero eso no es verdad. No me hizo más que un agujero en el hueso del cráneo, y por este agujero es por donde veo las cosas del pasado y también las del futuro.

Su mirada vagó por los Bravos y vino a posarse otra vez en Sombra-Transparente:

—A ti puedo decírtelo, Sombra-Transparente, puesto que todos conocen aquí tu valor: en esas gotas que salen de tu frente, yo leo que antes de tres días estarás muerto.

Se le oyó al Bravo una risa nerviosa. Con mano torpe, enjugó el sudor de su frente:

—Así que, Noche-y-Día, tú ves un moribundo en cada Bravo que está simplemente sudando.

—No bromees, Sombra-Transparente. Un próximo acontecmimiento nos dirá si yo miento...

Dándose cuenta de la turbación que había provocado, Noche-y-Día cambió de actitud y anunció a voces:

—Ese fuego del cielo que entró en mi cráneo hizo que brotaran en mí otros muchos carismas. Pero tengo que reconocer que el que más aparecio es el de la inmortalidad. ¿Sabéis que yo penetro casi todas las noches en el bosque y que siempre vuelvo de allí con vida?

Sin-Huella se sobresaltó; luego, se recobró:

—¡Noche-y-Día habla de cosas que sólo existen en su cabeza! Un Ser-Humano no puede penetrar impunemente en el bosque. Además, lo prohíbe formalmente la ley.

Todo el rostro de Noche-y-Día manifestaba ahora pillería:

—Al hablar así, Sin-Huella, demuestras que tus ideas están menos claras que las mías. Todos tembláis ante la ley; pero tú, Sin-Huella, y también tú, Piernas-Largas, que gritas tan fuerte en los Consejos, ¿os habéis preguntado lo que le pasaría al que infringiera la ley? ¿Lo desterrarían? ¿Lo condenarían a muerte, cosa que era corriente entre nuestros antepasados? ¡Pues no! No arriesgaría nada, ya que nada hay previsto a tal efecto en nuestra tribu. La ley no es más que un espantajo inútil... O sólo útil para algunos. Yo pensaba que tú lo sabías, Piernas-Largas.

Los jóvenes Bravos se miraron, desconcertados. Sol-Rojo fue el primero en recobrarse.

—¿Así que dices que te adentras con frecuencia en el bosque? ¿Puedes probarlo?

—Puedo. Piernas-Largas tiene la posibilidad de comprobar mis afirmaciones, ya que es el único entre nosotros que lleva el collar de los que han entrado en la Choza-de-la-Medicina...

Y, volviéndose hacia Piernas-Largas, le propuso:

—¿Quieres que te describa los animales que he encontrado bajo los grandes árboles? Tú que has visto las piedras en las que están dibujados, dirás si digo la verdad.

Un poco turbado, Piernas-Largas aceptó la propuesta. Entonces Noche-y-Día cerró los ojos como para revivir mejor todos los detalles que había impreso en su memoria. Minuciosamente, comenzó una larga descripción.

Los Bravos se bebían sus palabras, de bien que decía las cosas.

Cuando Noche-y-Día terminó, volvió la espalda y se alejó sin decir una palabra más.

Los Bravos rodearon a Piernas-Largas.

—Entonces, preguntó Sin-Huella, los monstruos que ha decrito, ¿son los mismos que has visto tú en las piedras sagradas?

—Sí... ¡Exactamente!, reconoció Piernas-Largas muy impresionado. Noche-y-Día acaba de describirnos el ciervo, el búho y el caballo.

Ninguno se atrevió a decir una palabra.

Por la tarde, pusieron a Tres-Ojos en el estrado funerario. Durante la ceremonia, Piernas-Largas no vio a Sombra-Transparente; una mujer vino hasta él en el momento en que se disponía a entrar en su choza.

—Sombra-Transparente está tendido en su lecho. Todo su cuerpo está quemando y sus miembros se agitan con temblores horribles. ¿Has visto al brujo? Lo estoy buscando.

Piernas-Largas se fue con ella por todo el pueblo. Encontraron a Noche-Negra en la cabaña de Manos-Cortas. Sonrisa-Tímida estaba a la cabecera de su esposo, que temblaba también de fiebre. El brujo hacía los gestos rituales para arrojar los malos espíritus del cuerpo enfermo.

Aterrado, Piernas-Largas recorrió el pueblo. Durante todo el curso del sol, vio que niños, mujeres y hasta hombres fuertes sucumbían ante la terrible enfermedad.

A la mañana del segundo día, Sombra-Transparente estaba muerto, según la profecía de Noche-y-Día, y Manos-Cortas aún temblaba.

Entonces los tambores anunciaron que tendría lugar un Gran Consejo al mediodía.

Piernas-Largas esperó ese momento con impaciencia, porque presentía que se iban a pronunciar allí palabras importantes.

Por fin, los tambores anunciaron la apertura del Pow-Wow, y el joven llegó a la plaza en cuatro zancadas. Por el camino se encontró con Alba-Naciente; la cogió de la mano.

Piernas-Largas echó una mirada incrédula sobre la concurrencia: de los cincuenta Seres-Humanos de la tribu, apenas veinticinco formaban el corro del Consejo. Los otros yacían, inconscientes, dentro de sus chozas.

Se callaron los tambores. Un silencio opresivo cayó sobre la asamblea. Muchos ponían su esperanza en este Consejo, como si la unión de los hombres fuera a hacer retirarse al azote. Las palabras de Voz-de-Trueno se oyeron como una liberación:

—Hermanos de la tribu, una horrible enfermedad diezma a los Seres-Humanos. Todos los que están aquí pueden sucumbir mañana. Por eso, todos pueden decir lo que sienten, si piensan que sus palabras pueden ayudar a echar fuera la calamidad. Los oídos de los jefes escucharán las palabras de los más humildes.

Voz-de-Trueno se sentó sobre un trozo de madera y cruzó los brazos sobre el pecho. En ese momento, Noche-y-Día saltó literalmente en medio del corro, lanzando un *¡oh!* terrorífico. Había puesto sus ojos en blanco; eso significaba que había hablado con la muerte en sueños.

Un gran murmullo brotó de todas las gargantas. Los sabios se quedaron boquiabiertos.

Noche-y-Día extendió sus largos brazos ante sí y dijo con voz sepulcral:

—¿Qué tenéis que reprocharos, Seres-Humanos, al abatirse el espíritu malo sobre el poblado? Tuve un sueño la otra noche y veía en él esta tierra tapizada de muertos. Fue preciso que un gran pájaro de plata viniera a posarse aquí para que los Seres-Humanos volvieran a encontrar la felicidad. Este pájaro era casi tan grande como el poblado... En su interior había dos seres...

Guardián-del-Pasado se levantó de un brinco:

—No quiero ofenderte, Noche-y-Día, pero es imposible interpretar tu sueño. Menciona acontecimientos que tuvieron lugar hace mucho tiempo. ¿Nos preguntas qué hemos hecho para merecer esta gran calamidad? Nada, Noche-y-Día. El mal que nos aflige es una epidemia. Los más viejos de esta asamblea se acuerdan de aquella calamidad que abotargó la piel e hizo que se cayera el cabello...

Corazón-de-Sauce rezongó para demostrar que él se acordaba. Corazón-de-Sauce era muy viejo, había visto caer más de cincuenta y dos nieves. Era un milagro que todavía viviera.

A pesar de la interrupción, Noche-y-Día no perdió la compostura:

—Tú hablas como el arroyo, Guardián-del-Pasado. Haces ruido, pero no dices nada útil. ¿Me crees tan sordo como para no haber oído a Corazón-de-Sauce hablar de esa epidemia?

Y, volviéndose hacia el brujo, le preguntó con sequedad:

—Si lo que nos aqueja es otra vez una epidemia, ¿qué esperas tú, Noche-Negra, para librarnos de ella? ¿No eres tú el señor de las medicinas?

Un movimiento espontáneo agitó a todos los Bravos. Alba-Naciente susurró al oído de Piernas-Largas:

—Se tiene que haber recibido el fuego del cielo en la cabeza para osar enfrentarse con el brujo de una manera tan flagrante.

Noche-Negra se levantó a su vez:

—Tu lengua es ágil, Noche-y-Día, pero nos demuestras que tu alma ha dejado definitivamente tu cuerpo. Las plantas medicinales son raras en los linderos del bosque. Sin embargo, siempre he tenido las necesarias para curar a algunos enfermos. Para una epidemia no bastan. Para encontrar la cantidad que necesito, tendría que ir muy lejos, mucho más allá de los grandes árboles. Los monstruos me devorarían en seguida.

Piernas-Largas pensaba que Noche-y-Día estaba menos loco de lo que muchos pretendían. En sus ojos maliciosos leía su línea de pensamiento y no pudo menos que intervenir. Piernas-Largas se puso en medio del corro. Observó con calma a los Viejos Sabios y dijo sin levantar la voz:

—Diez Seres-Humanos pueden triunfar donde uno solo fracasaría. Los cazadores protegerán al brujo mientras coge las hierbas y se adentrarán en el bosque tanto como el brujo necesite.

—Tú estás aún más loco que Noche-y-Día, se burló Noche-Negra, que veía venir el peligro. Por eso quieres exponer a diez Bravos sanos por una enfermedad que desaparecerá por sí sola, como ocurrió con la última epidemia.

Sol-Rojo saltó, indignado, al lado de Piernas-Largas:

—¿Qué es lo que te permite afirmar que la epidemia desaparecerá antes de que hayamos muerto todos? Guardián-del-Pasado nos ha contado los estragos que hizo la última. ¿Sabes tú, Noche-Negra, cuántas mujeres están hoy aquejadas? ¿Sabes cuántos niños están ardiendo de fiebre? ¿Sabes tú que muchísimos están en la agonía y que un gran número de ellos llenará esta tarde la estera de los muertos? Si has contado los muertos, Noche-Negra, ¿cómo es que tus ojos están aún secos? ¿Por qué no están como los de Sonrisa-Tímida, que llora junto a su esposo? ¿Es que eres de piedra?

La voz de Sol-Rojo se ahogó. Su rostro quedó oculto por las lágrimas. El tumulto estalló, y los Viejos Sabios creyeron que había llegado su fin. Nunca un Pow-Wow había visto una emoción tan viva ni provocado tal exaltación.

A duras penas pudo Voz-de-Trueno imponer silencio. Una idea maduraba en la mente del jefe:

—Supongamos que retiramos la ley durante una temporada... ¿Puedes decirme, Piernas-Largas, cómo diez jóvenes Bravos van a poder proteger eficazmente al brujo contra los monstruos del bosque?

—Con armas nuevas. Mucho más potentes y terribles que las que tenemos.

—Sí, ya lo veo..., dijo el jefe, pensativo. Armas como las que utilizaban los antepasados. Pero los Seres-Humanos, Piernas-Largas, no saben ya fabricar esas armas.

—Entonces, las volveremos a inventar, acosó el cazador al darse cuenta de que Voz-de-Trueno se ponía de su parte.

Noche-Negra, que no quería declararse vencido, se plantó delante del jefe dándose importancia:

—Domina tu fogosidad, joven impetuoso. Y calma también la de los que han levantado contigo el catafalco de Tres-Ojos. La ley os prohíbe tocar un arma...

—¡La ley, la ley!..., se enfureció Piernas-Largas, que volvía a pensar en las palabras de Noche-y-Día. Dime, tú que lo sabes todo, ¿de dónde nos viene esta ley que aterra a los Seres-Humanos? ¿Qué le va a pasar al que la quebrante? ¿Es un crimen querer salvar a los suyos? La Caja que veneramos ¿va a prohibir salvar a nuestros prójimos?

La evocación de la Caja provocó sentimientos encontrados. Como predominara el temor, Corazón-de-Sauce se enderezó con dificultad sobre sus piernas renqueantes. En sus labios se dibujó una sonrisa benévola:

—Tú atropellas los tabúes, Piernas-Largas. Yo mismo, que soy viejo y que he visto tanto, no puedo escucharte sin llenarme de temor...

Y, dirigiéndose a los Sabios, levantó el tono de voz:

—Sin embargo, os pido que venzáis vuestras aprensiones. Las palabras que salen de la boca de este joven Bravo no van destinadas a vuestros oídos, sino a vuestro corazón.

Reinó un silencio pesado en la asamblea. Las palabras del Viejo Sabio invitaban a la reflexión:

Se oyó una risa aguda, agridulce. Era Noche-y-Día que se sobresaltaba, mientras acariciaba su fea herida. Los músculos de Piernas-Largas se aflojaron: no esperaba encontrar un aliado en la persona de Corazón-de-Sauce, ese viejo senil. Animado bruscamente por un último atrevimiento, el joven Bravo dirigió su índice en dirección de Voz-de-Trueno:

—Da la orden, tú que eres el jefe. Y entonces nosotros venceremos a los monstruos para que los Seres-Humanos puedan vivir.

—¡Calma!, pidió Guardián-del-Pasado, que temblaba con todo su cuerpo. ¿Podemos así de repente echar abajo nuestras costumbres? ¿Es que quieren los Seres-Humanos mofarse de la tradición? La decisión que exige Piernas-

Largas no puede tomarla un jefe, por alto que sea su rango. Tenemos que consultar a la Caja.

—Sí, sí, aullaron los jóvenes, mientras los viejos negaban con la cabeza.

Piernas-Largas pensó que Guardián-del-Pasado quería descargar a Voz-de-Trueno de una responsabilidad tan grande en el caso de que los acontecimientos tomaran mal cariz. Interiormente, no podía culparle de nada.

Después de consultarlos con la mirada, Voz-de-Trueno entró en la Choza-de-la-Medicina junto con Noche-Negra y Guardián-del-Pasado. Tras ellos, volvieron a anudar la liana de la entrada.

Para llevar mejor la espera, los Seres-Humanos cerraron los ojos y pusieron la frente en las palmas de las manos. Piernas-Largas, por su parte, estuvo caminando de un lado para otro. En la linde del bosque, un búho asombrado contemplaba la escena. Aulló un lobo. Nadie lo oyó.

Por fin, Voz-de-Trueno salió. Majestuoso y digno, se dirigió hacia la hoguera donde se retorcían las altas llamas, rojas y amarillas.

Su voz tenía un brillo nuevo:

—Hermanos míos, Noche-Negra, que habla con los espíritus, ha consultado a la Caja y su respuesta ha resonado en su cabeza. Noche-Negra afirma que la Caja permite levantar la ley... Durante una temporada. Por tanto, Piernas-Largas llevará al bosque a los jóvenes Bravos. Ellos vigilarán la vida del brujo.

Contra lo que se esperaba, no hubo un solo grito. Entonces, Voz-de-Trueno se recogió como si estuviera delante del cadáver de un ser querido. Luego, de un tirón, arrancó una mecha de sus cabellos y la arrojó al fuego. Este era el signo de su aceptación total.

En ese momento, estallaron los gritos antes contenidos. Todos tenían mucho que decir. Después, la multitud se dispersó.

Los jóvenes Bravos formaron un corro alrededor de Piernas-Largas. Alba-Naciente le puso una mano en el hombro. El joven, muy agitado, se los llevó aparte. Detrás,

Noche-y-Día, que ya no tenía auditorio, acababa de contar su sueño a Wa-Kan-Da. De puntillas, con los ojos fijos en el cielo, gritaba:

—Ese gran pájaro de plata ha sido fabricado por hombres... Los mismos que viven al otro lado de la Tierra, más allá del bosque...

—Ven, Piernas-Largas, dijo Alba-Naciente. Ese Bravo está loco y sus sueños lo están más.

El joven sintió que un gran estremecimiento le recorría la espalda. Reprimió su turbación y siguió a la muchacha.

Al día siguiente, el poblado de los Seres-Humanos estaba en efervescencia. A excepción del brujo, que se dedicaba a una actividad misteriosa dentro de su choza, todos los demás preparaban la expedición de los jóvenes Bravos, o curaban a los enfermos.

Desde que la Caja había levantado la ley, todo había cambiado en el poblado. Las mujeres ayudaban a los hombres a levantar los catafalcos y los hombres aceptaban incluso dedicarse a tareas vergonzosas reservadas a las mujeres. Se vio a varios arrancar raíces, ir a buscar agua al río y recoger leña.

Los jóvenes Bravos preparaban febrilmente las nuevas armas. Piernas-Largas metía prisa a los suyos porque, desde la víspera, había aumentado aún más el número de muertos.

Por fin, la segunda alba que siguió al Pow-Wow los tambores congregaron a los Seres-Humanos en la gran plaza. Ante sus ojos, aparecía un espectáculo nunca visto.

Piernas-Largas y sus Bravos estaban preparados para la gran aventura. Aquellos valientes, de mirada arisca y decidida, eran conscientes de la responsabilidad que asumían. Y si algunos adoptaban un aire presuntuoso, era únicamente por impresionar a las mujeres que llegaban.

Aquel grupo parecía poseer una fuerza invencible. Enormes hachas colgadas de los cinturones de los Bravos; polainas de madera los protegían de posibles mordeduras. Llevaban cruzados sobre sus pechos unos arcos impresionantes, de dimensiones desacostumbradas. Las aljabas, sobre el hombro, contenían largas flechas de punta de piedra. Todos llevaban en su mano derecha una fuerte lanza terminada con una cuchilla de sílex cortante y en la mano izquierda un escudo resistente.

Para conjurar a los malos espíritus, habían pintado en la cara exterior del escudo cuatro rayas rojas paralelas. El-que-ha-visto-al-Oso reconoció muy bien aquel símbolo y, aterrorizado, corrió a esconderse en el fondo de su cabaña.

Alba-Naciente vio entre los Bravos la cara risueña de Noche-y-Día. No se extrañó de su presencia. Pensó que la elección de Piernas-Largas era prudente. El joven, a quien los cazadores reconocían ahora por jefe, dio tres pasos en dirección de la Choza-de-la-Medicina.

—Estamos preparados, Noche-Negra, dijo con voz clara. Ya es hora de que vayamos a buscar al bosque las plantas que necesitas.

Se desató la liana. Apareció el brujo, pálido pero espectacular: Noche-Negra llevaba encima todos sus talismanes. Había trazado sobre su cuerpo los signos destinados a espantar a las Sombras Temibles. Su rostro impenetrable disimulaba los sentimientos que lo embargaban.

Como todos los Bravos tuvieran los ojos fijos en él, cogió un gran cesto de juncos trenzados y anunció con voz firme:

—Vamos, que ya es hora... Seguidme: yo sé dónde encontrar las hierbas que curan...

La pequeña tropa se alejó en dirección al río. Instintivamente, las mujeres, llenas de temor, se apretujaron unas contra otras. Los chiquillos se quedaron paralizados de miedo. Los Viejos Sabios hablaron entre sí en voz baja. Hacían pronósticos sobre la suerte y los riesgos que iba a encontrar la expedición.

Alba-Naciente se fue a hacer compañía a Sonrisa-Tímida a la choza de Manos-Cortas. Este había recobrado el sentido. Rechazó las compresas frescas que las mujeres le ponían en la frente y echó pestes por su inacción obligada.

—¡Cálmate, esposo mío!, imploró ella. Tus ojos brillan menos, pero tu frente aún está ardiendo.

En el otro rincón de la cabaña, Brizna-de-Hierba, su hijo, se echó a llorar: también él tenía fiebre.

Alba-Naciente fue de choza en choza para ayudar a curar a los enfermos. Miraba el curso del sol: éste parecía flotar en medio de las nubes. Por fin, llegó a lo alto del cielo, pero ningún tambor llamó a la comida. La partida del brujo parecía haber detenido el ritmo de la vida. Sólo los chiquillos, despreocupados, habían vuelto a sus juegos habituales. Los hombres pasaban entre ellos, llevando cadáveres. Pero ellos ni los veían y seguían brincando y haciendo cabriolas como lo hacían desde siempre los pequeños Seres-Humanos.

El cementerio de la tribu había adquirido proporciones impresionantes. ¿Qué significaba la expedición?

Para Alba-Naciente, la expedición era Piernas-Largas. ¿Iba a volver siquiera? Y si volvía, ¿llegaría a tiempo de salvar a los enfermos? La angustia se apoderaba de su corazón. Por lo demás, la angustia se aposentaba ahora en todos los corazones.

Los centinelas escrutaban el horizonte desde por la mañana. Más de cien veces sus ojos fatigados y enrojecidos habían creído ver moverse algo en los linderos del bosque. Siempre, un espejismo los había engañado.

Finalmente, Cielo-Blanco, que tenía muy buena vista, percibió un movimiento del lado de los grandes árboles. Y, de repente, totalmente seguro, lanzó un grito largo ayudándose con las manos. Era la señal de la vuelta de los Bravos:

—¡Llegan al río! Ya lo han pasado... ¡Ya llegan!

Todos se precipitaron al encuentro de la tropa... Venían destrozados.

Sol-Rojo fue el primero al que vio Alba-Naciente. Su torso estaba ensangrentado. Luego vio a Sin-Huella y a Doble-Luna. El uno sostenía a Noche-Negra y el otro llevaba el gran cesto lleno de hierbas. Vio en seguida pasar a

Madera-Seca, Viento-Frío, Tres-Hojas y Tambor-Misterioso. Este último arrastraba la pierna y parecía sufrir.

La muchacha se llenó de inquietud. ¿Pero dónde estaba Piernas-Largas? De repente, no pudo contenter un grito: se acercaban dos Bravos trayendo un cadáver.

Corrió como una loca y fue a caer a los pies de Noche-y-Día que sonreía: era Piernas-Largas el que llevaba con Noche-y-Día el cuerpo sin vida de dos-Hilillos.

Todos estaban heridos, abrumados, despavoridos. Todos, salvo el muerto que estaba completamente intacto.

Los jóvenes Bravos se fueron a sus tiendas en silencio y allí se desplomaron. Noche-Negra desapareció en la suya con su preciado cesto de hierbas.

Al poco rato, salió un canto fúnebre de su cabaña de donde se escapaban unos olores picantes. Sin perder un instante, el brujo preparaba las medicinas.

Alba-Naciente enrolló con sus manos dos bolas de hojas. Las empleó para limpiar las heridas de Piernas-Largas.

A pesar de la aparente fatiga del joven, ella no pudo contenerse y lo atosigó a preguntas:

—Explícame, Piernas-Largas... ¿Han sido tan terribles las fieras? Estáis todos destrozados.

La respuesta del cazador la dejó asombrada:

— Ninguna de las que hemos visto ha intentado atacarnos. Por el contrario, pienso que nosotros las asustábamos... Huían al acercarnos.

—Pero entonces... ¿cómo es que estáis todos heridos?

—¡Oh, sí! se debe a nuestra torpeza y, sobre todo, a nuestra falta de costumbre de caminar por el bosque. Muchos se han desgarrado la piel en los zarzales; muchos han caído como sacos al golpearse contra las ramas.

La muchacha se sonrió compasivamente:

—Tú quieres ocultarme lo peor, Piernas-Largas. Te olvidas de que he visto el cadáver de Dos-Hilillos.

Al oír este nombre, los músculos del cazador se tensaron. Se incorporó sobre un codo y, más que decir, murmuró:

—Dos-Hilillos... Iba delante de mí. De repente, dio un grito y se desplomó de golpe.

Apretó un brazo de Alba-Naciente y continuó con voz más alta:

—Yo he oído un ruido de ramas tronchadas y la huida de un animal. Me parece haber visto la silueta de un caballo.

—¿Un caballo?, dijo ella.

—Sí, un caballo..., repitió él.

Y su voz se trabó:

—Es horrible. Pero mira, Alba-Naciente, estoy convencido de que Dos-Hilillos se ha muerto de miedo al verlo.

7. El accidente

¡RODODENDRO! ¡Qué gran sorpresa! Entra, papá Ciclamen se pondrá contento al verte.

El visitante hizo con la mano una señal amistosa a Reseda y entró en la célula de habitación. Rodo tenía muy mal aspecto. Desde que el caballo había manifestado los primeros síntomas de la enfermedad, el director del Museo 4 parecía unos años más viejo. Y su reciente tratamiento R. D. C. no llegaba a disimular ni siquiera su aspecto abatido. Con un tono de voz sombrío y preocupado preguntó a la muchacha:

—¿Está ahí tu padre?

—En su teleburó, contestó alegremente Reseda. Desde que tú le diste autorización para sacar del museo todos los libros que necesitara, prefiere trabajar en casa.

—No podía negárselo. Tú sabes, Reseda, que hemos puesto en Ciclamen todas las esperanzas de...

Rododendro dudó y palideció:

—...de acabar con esta enfermedad...

—Está siempre sumergido en los libros, afirmó la muchacha. Incluso me ha prohibido la entrada en su teleburó. Nos comunicamos por videófono desde hace varios días. Sus únicos ratos de descanso son tres horas de sueño por la noche y un cuarto de hora de ducha nutritiva por la mañana. También a mi madre le ha pedido que se quede en la Ciudad 3. Mamá Violeta es tan charlatana que tiene miedo de perder el tiempo con ella.

Rodó frunció el ceño. ¿Qué habría detrás de todo este exagerado aislamiento?

—Lo conseguirá, estoy seguro, añadió Reseda. Me dijo

ayer que sólo era cuestión de horas. Tú sabes, Rodo, que...

Reseda se detuvo, confusa por haberse permitido llamar a Rododendro por su apodo. Este último sonrió con tristeza.

—Tú puedes llamarme así, le dijo. Es una familiaridad que siempre me ha disgustado viniendo de mis colaboradores, pero en tu boca me suena muy bien. Mira, Reseda, yo aún no he podido pensar en tener un hijo probeta en el *planning* de nacimientos a pesar de las peticiones cada vez más urgentes de mi mujer. He consagrado ciento treinta años de mi existencia al museo. Hoy, yo...

Rododendro se calló bruscamente, sorprendido de sus propias confidencias. En cuanto a Reseda, fina y educada, se preguntaba qué es lo que podía empujar a un personaje tan importante a confiarse a ella de esa manera.

—¿Qué edad tienes?, le preguntó él con una voz que pretendía ser menos ruda.

—Dieciséis años, dijo Reseda. Muy pronto habré terminado mi primer período.

Rododendro esbozó una sonrisa.

—Estás todavía en el amanecer de la vida, dijo.

Y, después de pasar con gesto paternal su ancha mano por los largos cabellos rubios, decidió:

—Vamos... Llévame al teleburó de tu padre.

—Espera. Voy a ponerte en contacto con él.

Reseda introdujo al visitante en el tridihall.

—¿Ciclamen?, preguntó después de apretar el botón naranja del videófono. Rododendro viene a hacernos una visita. Te lo paso.

El interior del teleburó de Ciclamen apareció en relieve sobre la pantalla. Se vio al padre de Reseda, rodeado de multitud de libros.

—Gracias, Reseda. Déjanos solos, ¿quieres?

La entrevista de los dos hombres comenzó con un largo silencio. Ciclamen se había dado cuenta del aspecto preocupado del director. También el, detrás de su mesa de fibroplast, tenía aspecto cansado. Rododendro lo notó, confiando en que fuera únicamente a causa de la fatiga.

Mirándose cara a cara, parecían calibrarse, intentar adivinar sólo con la mirada los pensamientos y las intenciones del otro.

Rododendro dijo con brusquedad:

—Si no te conociera bien, me sentiría molesto por recibirme en un tridihall, cuando estás a unos metros de mí en tu teleburó.

—Te ruego que me disculpes, balbuceó Ciclamen. Aquí hay un gran desorden. Podemos muy bien...

—No, cortó en seco Rododendro. Quiero que me abras la puerta. Cualesquiera que sean las razones que te lleven a aislarte.

Cuando quería, Rododendro sabía adoptar un tono categórico. Ciclamen bajó la cabeza y respondió como a disgusto:

—Entendido. Te espero...

Ciclamen descorrió la cortina magnética. Rododendro entró resuelto en la habitación. Allí, en efecto, reinaba un lamentable desorden: el suelo estaba cubierto de libros llenos de polvo, amontonados en columnas desiguales o tirados en la moqueta. Sobre una mesa sonaba un grabador-casetrífono, en el que Ciclamen debía anotar todas sus observaciones, lecturas y traducciones. Había una serie de hojas desparramadas, llenas de una fina escritura apretada. Ciclamen era uno de los pocos que, en el siglo LXII, sabían transcribir con bastante facilidad las lenguas que se habían hablado durante la era del Petróleo.

Rododendro avanzó hacia la mesa y tendió la mano. Maquinalmente, Ciclamen respondió a su gesto. El director retuvo largo rato esa mano entre las suyas, mirando intensamente a su interlocutor.

—Esto es lo que yo pretendía, dijo con tono de satisfacción. Así era como nuestros antepasados demostraban a sus amigos que los apreciaban, ¿no es cierto?

Ciclamen asintió.

—¿Puedo sentarme?, dijo Rododendro.

Quitó de un sillón de aire comprimido los libros que había y se arrellanó con evidente confianza.

—¿Por qué has venido a verme a casa?, le reprochó Ciclamen. Podrías haberme hablado desde el Museo 4.

Rododendro movió la cabeza y dijo, fatigado:

—He acabado por aborrecer estos aparatos de comunicación. ¿Hablar a una imagen? Eso es muy poco para mí. Antiguamente, cuando los hombres no disponían de todos estos medios electrónicos, se desplazaban cuando querían ver a alguien. Tenían el sentido de las relaciones humanas. Hoy se contentan con simples comunicaciones tridimensionales. Y pensamos que nos conocemos.

—Se gana tiempo, replicó Ciclamen. Podríamos haber tenido una entrevista de un cuarto de hora por video si te hubieras quedado en el museo. Allí te necesitarán.

—No, dijo Rododendro.

Pasaron algunos segundos y el director anunció:

—El caballo ha muerto. Prefería anunciártelo de viva voz.

Ciclamen acogió la noticia sin rechistar. Lo había previsto.

—Y Muguete está enfermo... Muy enfermo.

Fue como si hubiesen estrujado con dos manos el corazón de Ciclamen. También estaba preparado para esta noticia. Pero no pensaba que iba a llegar tan pronto.

—Muguete..., murmuró con un poco de resentimiento en la voz. Muguete tan entusiasta, tan ligado a su caballo...

—Se preparaba para recibir su segunda regeneración cuando han aparecido los primeros síntomas del mal. Al reconocer en su propia persona los mismos síntomas que había advertido en el caballo, fue a un laboratorio R. D. C. Como su estado empeoraba, le administraron dos tratamientos sucesivos. Los resultados han sido absolutamente negativos. Los especialistas han conseguido con facilidad regenerar sus células, pero los.. microbios han resistido.

Ciclamen apretó los dientes. La muerte había llegado a ser, en el 6112, un fenómeno controlado, esperado y aceptado. Todos los individuos llegaban a cumplir los 250 años. Así no se tachaba a la muerte de triste e injusta. La vida desaparecía del mismo modo para todos y, en cada fallecimiento, se veía el desenlace lógico de una existencia bien aprovechada.

Este fin, previsto por adelantado, Ciclamen lo aceptaba. Pero no podía soportar la idea de una muerte prematura, cuyo control escapaba a las técnicas más probadas. Para él, eso era una injusticia inconmensurable.

—¿Se morirá?, preguntó Rododendro tímidamente.

Ciclamen se encogió de hombros con gesto de impotencia.

—El caballo ha muerto. Si yo pudiera encontrar el remedio...

—¿A qué punto están tus investigaciones?, preguntó Rododendro al tiempo que señalaba los libros apiñados en el despacho.

—Van adelante, afirmó Ciclamen. Pero me temo que no podré encontrar a tiempo las fórmulas para curar a Muguete. Ya he logrado localizar la enfermedad, por los síntomas observados en el caballo y en el mismo Muguete.

—¿En Muguete? preguntó Rododendro, levantando la cabeza.

—Hace cuatro días. En el museo. Aquel grito inarticulado y curioso, ¿te acuerdas? Eso se llama estornudo.

—¿Estornudo?

Ciclamen señaló uno de los libros que había sobre la mesa de fibroplast.

—He encontrado el nombre en una antigua novela del siglo XX. Compréndelo, Rodo, esto era muy difícil ya que desde hace cuatro mil años nadie había vuelto a estornudar en las ciudades. He tenido que consultar muchas obras y he encontrado por casualidad la descripción de ese fenómeno. Escucha lo que hay escrito en esta página. Incluso figura el nombre de la enfermedad: *Jacquy tenía los ojos brillantes y la frente húmeda. Se veía claramente que tenía fiebre. De pronto, le vino una serie de estornudos. «¡Eh!, gritó Jocelyne, echándose para atrás. Vas a sembrar tus microbios por todas partes. No es el momento de que me contagies tu gripe...!»*

Ciclamen volvió a cerrar el libro.

—La gripe. Ese es el nombre de la enfermedad que nos trajo el caballo del mundo exterior.

Rododendro refunfuñó:

—Todos habíamos pensado que era imposible la vida fuera de las ciudades. Cuatro mil años después de la Gran Polución, la situación no ha cambiado: la atmósfera, por muy parecida que sea a la que producen nuestros catalizadores químicos, contiene microbios peligrosos para las especies vivas.

—No tomamos suficientes precauciones a la vuelta del caballo, dijo Ciclamen. En nuestro atolondramiento, no pensamos siquiera en desinfectar la escafandra de Reseda. La gripe es contagiosa, es decir, transmisible de un ser vivo a otro por simple contacto. A veces, los microbios se encuentran en el aire y nos atacan tanto más fácilmente cuanto que no disponemos de defensas naturales para luchar contra las enfermedades. A fuerza de vivir en un aire esterilizado, Rodo, hemos perdido lo que los antiguos llamaban ***anticuerpos***.

Rododendro aprobó con la cabeza.

—Y esta... gripe, añadió, esta gripe contagiosa, ¿forma parte de las enfermedades muy graves? ¿Mortales?

—De ningún modo, dijo Ciclamen con amargura. Era raro morir de ella. Entre los antiguos, la gripe era muy frecuente. Pero resistían mucho mejor que nosotros, gracias a los famosos anticuerpos.

Rododendro se levantó y contempló, con cierto respeto, las imponentes pilas de libros.

—Y entre todos estos documentos, preguntó al mismo tiempo que los señalaba, ¿no has podido encontrar aún la fórmula del antídoto?

—Todavía no. Estos libros son los únicos del Museo 4 que tratan de cerca o de lejos las enfermedades. Las obras que nos han quedado del Período Pre-Polución son muy diversas. Hay novelas, documentales, ensayos, álbumes... He tenido que hacer una primera selección. He logrado encontrar libros que tratan de las enfermedades. Pero en los que he leído, no se habla de la gripe. Escucha:

Ciclamen leyó en voz alta:

—*La leucemia: métodos para descubrirla... La eneuresis en el niño de dos a seis años... Un remedio milagroso para los callos de los pies... Causa de los fracasos en los primeros trasplantes de corazón... El edema de las cuerdas bucales... El mildiu de la viña...*

—¿La viña?, interrumpió Rododendro. ¿Qué parte del cuerpo es ésa?

—Lo ignoro, confesó Ciclamen. Si hubiera hoy todavía médicos, ellos podrían informarnos. Tal vez se trate de un órgano que los antiguos poseían y que hoy ha desaparecido, como el apéndice o las muelas del juicio.

—¿Puede tener eso alguna relación con la gripe?

—No lo creo, dijo el especialista en lenguas antiguas. Pero no puedo dejar nada al azar. A veces saco un dato esencial de un libro que parece ajeno a nuestros problemas, mientras otras pierdo el tiempo descifrando los términos técnicos de obras especializadas. Tengo ahí todavía una treintena de libros que hablan de medicamentos sintéticos [1]. Me extrañaría mucho no encontrar en ellos ningún dato relativo a la gripe. Sólo que tengo que llegar a tiempo para realizar mi tarea...

Rodo estuvo largo rato en silencio. Al fin, preguntó:

—Tú tienes la gripe, ¿no es cierto?

Ciclamen asintió con la cabeza.

—Hace tres días que empezó todo. Mis oídos se pusieron a zumbar. Luego estornudé, igual que lo hizo Muguete. Siento mareos contra los que tengo que luchar para no perder el equilibrio. Mis miembros están doloridos, y siento un cansancio enorme. Además, mi cuerpo está ardiendo... Espero encontrar el remedio rápidamente.

—¿Por eso es por lo que no dejas entrar aquí a tu hija? ¿Y por ese motivo no querías recibirme?

Ciclamen asintió.

—La enfermedad es contagiosa y yo creo que el único medio que hay para evitar el contagio es aislar al enfermo.

---

[1] Medicamentos fabricados partiendo de elementos químicos.

—Es demasiado tarde, dijo Rodo. Acuérdate del momento en que trajimos el caballo a la ciudad. Fuimos decenas los que lo acariciamos con la mano. El astropuerto rebosaba de gente.

—Pero hasta este momento sólo Muguete se ha contagiado. Porque él ha estado cerca del animal más tiempo que los demás. Quizá...

—¿No estás tú mismo enfermo?, dijo Rodo con dureza. ¿Y no te olvidas de los especialistas R.D.C. que durante los últimos diez días han estado cuidando al caballo? ¿Y los que siguen tratando a Muguete, en este mismo momento?

Ciclamen se puso a temblar. Hasta ahora pensaba que era él el único contagiado. Creía que, por lo menos, el número de individuos afectados sería limitado. Pero la gripe podía adquirir proporciones imprevisibles.

—Demasiado tarde, repitió Rododendro. Muchos especialistas que han estado a la cabecera de Muguete han salido ya para las otras ciudades con el fin de consultar a sus colegas. No hay duda de que, si estaban afectados, se han llevado consigo los microbios. Y no sé cómo podríamos aislar a todos los pasajeros de los estratobuses, a todos los que han usado las plataformas móviles y han tenido algún contacto con ella, de cerca o de lejos.

—Pero entonces..., gritó Ciclamen, si la gripe se propagara, esto sería una catástrofe a escala planetaria.

Luego, señalando a Rododendro con dedo acusador, añadió en tono de reproche:

—¡Tú lo sabías! ¡Tú conocías mi estado y el fenómeno del contagio! Y has tenido que venir a mi despacho...

El director se encogió de hombros.

—¿Qué significa mi pobre persona comparada con mil millones de habitantes? Yo también estaba contagiado antes de hacerte esta visita. Las cuatro ciudades ponen en ti sus esperanzas.

Rododendro se sobresaltó: alguien acababa de traspasar la cortina magnética.

—Papá Ciclamen, gritó una voz lozana tras él, hay... ¡Oh, perdóname, Rodo! ¿Estás aquí todavía?

La interrupción inesperada de Reseda dejó clavados a los dos hombres. Al ver el aspecto descompuesto de su padre, la muchacha se acercó a él y cogió su mano con ternura.

—¡No me toques!, le gritó.

Asustada por esta orden incomprensible y por el tono seco con que había sido pronunciada, Reseda se echó para atrás instintivamente. Pero había tenido tiempo de rozar la mano de su padre.

—Papá Ciclamen..., balbuceó con un ligero temblor en la voz. ¿Qué te pasa? Tu mano está ardiendo. ¿Qué es lo que os pasa a los dos? Vuestros ojos brillan...

Rodo y su padre la miraban de un modo tan impenetrable y tan sombrío, que sintió que le brotaban las lágrimas.

—¿Por qué has entrado?, le reprochó duramente Ciclamen. ¿Por qué?

—Tu tabique magnético estaba descorrido. Mamá Violeta llama por el videófono, añadió en medio de un sollozo. ¡Oh!... Decidme qué pasa.

Ciclamen se daba cuenta de que se iba a ablandar. Su hija tenía derecho..., *tenía* que saberlo.

—Sal inmediatamente, le ordenó con la mayor calma que pudo. Vete al tridihall. Dia a mamá Violeta que la llamaré más tarde. Y ponte en contacto con mi teleburó.

Desconcertada, Reseda fue incapaz de hacer ningún movimiento durante algunos segundos. Interrogó con la mirada a Rododendro, que bajó los ojos.

Entonces, se marchó sin poder contener por más tiempo las lágrimas.

La voz de su padre, extrañamente emotiva, resonó en el tridihall:

—Escúchame bien, Reseda. Ahora sé que puedes comprenderme...

La muchacha prestó atención y en seguida las palabras empezaron a dar vueltas en su cabeza. Nunca hubiera podido ella imaginar que el accidente del caballo iba a producir una contaminación en cadena.

—Por tanto, no puedes quedarte aquí, prosiguió Ciclamen. En el próximo estratobús vas a juntarte con Violeta.

—¿Dejarte?, preguntó Reseda.

—Es necesario, dijo su padre con tono resignado. Además, allí me serás útil. Tienes que ir a ver al director del museo de la Ciudad 3. Es posible que él tenga libros que nos ayuden. Seguiremos ininterrumpidamente en contacto por medio del videófono. Una vez que te marches, yo podré moverme fácilmente por la casa y disponer del tridihall. Proseguiré mis investigaciones y llegaremos a dar con el remedio para esta enfermedad... Adiós, Reseda. ¿Puedo contar contigo?

Con voz entrecortada, le contestó:

—Puedes, papá Ciclamen.

En el astropuerto, la habitual muchedumbre de sabios, técnicos y personalidades se apretaba junto a las taquillas automáticas.

Reseda introdujo su demanda de autorización de vuelo en la ranura de la taquilla electrónica. Su tarjeta fue rechazada al instante y un altavoz dijo con voz amable:

—Usted no ha rellenado la casilla *Motivo oficial.*

Era verdad: en su precipitación, Reseda, se había olvidado de poner uno de los símbolos pedidos.

—No tengo motivo oficial, confesó.

—Autorización denegada, respondió la voz.

Desconcertada, Reseda pensó de pronto que, dada la gravedad de los acontecimientos, debía haber escogido un motivo al azar. Se hizo con otra tarjeta, fue a la taquilla siguiente y rellenó la casilla con un *Viaje de estudios.*

La máquina zumbó un momento. Otra vez fue rechazada su tarjeta y la misma voz grabada anunció:

—Autorización denegada: el fichero central no tiene su petición oficial. ¿No habrá olvidado usted mandarla?

—Es un caso urgente, gritó. He elegido el motivo más parecido. Pero el motivo verdadero no aparece en las casillas.

¿Cómo podría explicar al ordenador que ella huía del contagio? ¿Que, fuera como fuera, tenía que reunirse con su madre y hacer investigaciones sobre las antiguas enfermedades en los archivos del Museo 3? Probablemente, esa palabra nunca había figurado en las memorias del cerebro electrónico.

—Caso especial, tradujo el ordenador. Diríjase a la oficina de peticiones especiales, ventanilla manual número 0002.

Allí, apareció en carne y hueso un hombre entrecano que ya había debido recibir su cuarto tratamiento R. D. C. Reseda le explicó que ninguna ventanilla automática le había querido dar autorización.

—Evidentemente, refunfuñó el viejo empleado. No se va de una ciudad a otra sin una causa importante. No hay más que dieciséis astropuertos en el mundo... A cada minuto, un estratobús...

—Es un motivo grave, le interrumpió Reseda, a quien estaba poniendo nerviosa aquella palabrería.

—¿Cuál?

¿Habría que perder una hora explicando a este empleado lo que era la gripe, sus peligros, la urgencia de las investigaciones? ¿Y sería capaz de entenderlo?

—Las autoridades deben estar al corriente, mintió Reseda. Estas son las veinticinco cifras de mi número de matrícula. ¿No se fía usted?

—Gracias, dijo maliciosamente el empleado, aceptando la tarjeta. Voy a consultar inmediatamente al fichero central...

Era claro que el viejo no se hacía ninguna ilusión sobre la respuesta. Se imaginaba que tal vez esta muchacha le gastaba una broma, que quería fugarse y no sabía cómo salir de la ciudad.

Reseda sintió remordimientos, pero ya era tarde; descubrirían la superchería.

«Tenía que haberle dicho que buscara a Rodo», pensó. «Sólo él podría sacarme de este apuro.»

Diez segundos después, el empleado volvió a la ventanilla. Su sonrisa burlona se había cambiado en una gran sorpresa mezclada de respeto.

—Aquí está su autorización, dijo con deferencia. El director del Museo 4 ha formulado una petición en su favor y el Fichero central ha dado en seguida su consentimiento. Coja la acera móvil 27. La llevará directamente a su rampa de salida. Si usted me hubiese dicho que iba en misión especial, hubiéramos ganado tiempo.

Reseda salió con alivio ante la mirada perpleja del viejo empleado. En doscientos quince años de servicio, nunca había visto obtener con tanta rapidez un permiso de salida en estratobús oficial.

—¡Otra vez el enchufe!, mascullό. Está claro que los tiempos han cambiado mucho.

Reseda se dirigió hacia la pista de despegue. Allí el estratobús especial vibraba en su carril de lanzamiento. Sintió que alguien la agarraba del brazo con familiaridad.

—¡Gladíolo!, gritó, ¿Qué haces aquí?

El hombre tenía un aspecto cansado. Sin embargo, sus ojos brillantes manifestaban contento. Reseda, sorprendida y feliz al mismo tiempo, oyó que le contestaba:

—Soy piloto de estratobús. Cuando no tengo que salvar caballos, sucede que tengo que transportar pasajeros.

Esta ocurrencia relajó a la muchacha.

—¿Eres tú quien tiene un pase oficial? Oye, te has convertido en un personaje muy importante.

—Es una larga historia, susurró ella un tanto azorada.

Gladíolo miró hacia adelante:

—Hay una plaza al lado del piloto. Ven y me cuentas todo eso durante el viaje. No te vas a quedar sola ahí atrás.

Gladíolo se instaló en los mandos e invitó a Reseda a sentarse junto a él.

—No toques nada, le recomendó.

Le indicó los aparatos que había delante de ella.

—De hecho, le explicó, éste no es el puesto del copiloto, sino el del transmisor de enlaces-tridi. ¿No te has dado cuenta del videófono?

Reseda estiró la mano hacia el cuadro de mandos, pero Gladíolo la detuvo con un gesto.

—El videófono se pone automáticamente en marcha en cuanto se acerca uno a él, le aclaró. ¿Quieres hablar con alguien?

—No. Ya me he despedido de mi padre. En cuanto a mi madre, ella sabe que...

Gladíolo la interrumpió levantando la mano: algunas lámparas multicolores acababan de encenderse ante él. Después de una serie de cortas maniobras, sintieron una ligera sacudida.

El estratobús silbó débilmente y se elevó por encima del astropuerto. A dos kilómetros de altura, dominaban los múltiples edificios de la ciudad. Olvidándose por un momento de su angustia, Reseda sólo tenía ojos para el espléndido panorama.

Podía ver con detalle todas las partes de la inmensa ciudad, cuyas torretas y vías de acceso aéreas se destacaban sobre la lejanía azulada de la cúpula.

Al acercarse al diafragma, el estratobús disminuyó la marcha y franqueó la bóveda con un ligero ruido de succión. Al instante desapareció de la vista la ciudad, reemplazada por la neblina translúcida del túnel de energía.

Gladíolo consultó el cronocuarzo de a bordo y aumentó la velocidad.

En el interior de la cabina de mandos, apenas se oía el silbido de los motores.

—Conectado el piloto automático, dijo Gladíolo. Ahora ya estamos tranquilos: la Ciudad 3 [1] está al otro lado del túnel y estaremos allí dentro de noventa y nueve minutos.

Reseda abrió unos ojos enormes para contemplar el paisaje exterior, pero no pudo contenerse y manifestó su decepción:

—No se ve gran cosa: el sol parece turbio.

---

[1] La *Ciudad 3* es la del continente europeo. La Ciudad 4, que abandona Reseda, se ha construido junto a los grandes lagos de Norteamérica.

—El túnel de energía deforma las imágenes, explicó Gladíolo. Pero, ¿qué importa? No hay nada que ver.

Enjugó una gota de sudor de su sien izquierda y prosiguió:

—Pronto estará debajo de nosotros el océano. Durante la mayor parte del trayecto no verás más que color azul. Para tener una visión exacta del mundo exterior habría que salir del túnel de energía sustituyéndolo por el pilotaje manual.

Gladíolo señaló la palanca de rojo fuerte que había a su izquierda, como una señal de alarma.

—Es una maniobra excepcional, continuó. Necesita el uso inmediato de las palancas direccionales. Ha tenido que sobrevenir el accidente del caballo para recurrir a ella. Pero... hablemos un poco de ti. ¿Qué ha sido de ti desde el salvamento del otro día?

¿Tenía derecho a explicar a Gladíolo los motivos precisos de su viaje?

—El caballo está enfermo, comenzó a decir.

Gladíolo enjugó su frente con el dorso de la mano... Reseda se dio cuenta de que hacía este gesto por segunda vez.

—Estoy al corriente, dijo con aspecto cansado. Quise ir a verlo anteayer, al disponer de un descanso. Pero lo habían llevado a un centro de tratamiento R.D.C. ¿Crees que tu padre conseguirá curarlo? Rodo me ha dicho que confiaba mucho en él...

«¿Curarlo?, pensó Reseda. ¡Si él supiera!...»

—Esa es en parte la razón de mi viaje, respondió evasivamente.

De repente, la muchacha se volvió hacia Gladíolo. Desde hacía unos minutos el piloto parecía que vacilaba, como si estuviera bajo el influjo de una repentina borrachera. Sus ojos llorosos estaban fijos en la extremidad borrosa del túnel, sin verlo.

—¡Gladíolo! ¿Qué te pasa?

Pareció que él se despertaba de un mal sueño. Con un gesto que se había convertido en algo habitual, se pasó la mano por la frente. Reseda la vio perlada de unas gruesas gotas de sudor.

—No lo sé..., dijo Gladíolo con una voz repentinamente pastosa. Desde hace tres días, hay momentos en que me encuentro raro... Pero no te preocupes: eso nunca me dura mucho tiempo.

Con un presentimiento, Reseda acarició la mano del piloto: abrasaba y estaba húmeda. La angustia le subió a la garganta: no necesitaba más la muchacha para saber que también Gladíolo había cogido la gripe.

Muy intranquila, le preguntó:

—¿Crees que podrás llegar? Gladíolo, ¿me oyes?

El piloto parecía aturdido.

—Todo comenzó... con dolores de cabeza..., farfulló con dificultad. Y... con mareos... Tal vez sería mejor que...

—Gladíolo, hay que llegar al astropuerto de la Ciudad 3 inmediatamente. Tú no estarás en condiciones de efectuar el aterrizaje y yo no entiendo nada de piloto. ¡Gladíolo!

El piloto no contestó: hacía esfuerzos desesperados por mantenerse consciente, pero una especie de cortina nublaba su vista...

A su alrededor, se pusieron a bailar las palancas de la cabina.

Gladíolo intentó levantarse: titubeó un momento y se derrumbó como un muñeco desarticulado.

Al caer, había bajado la manecilla roja.

Instantáneamente surgieron los mandos manuales de dirección del cuadro de a bordo. El estratobús salió del túnel de energía. Las alas de geometría variable se abrieron automáticamente. Al no coger los mandos Gladíolo, el estratobús comenzó a perder altura a mucha velocidad. Era tan grande la desesperación de Reseda que no sabía qué hacer.

Sometido a las turbulencias del mundo exterior, el aparato dio un patinazo. La muchacha intentaba desesperadamente mantenerse en su asiento. El estratobús no tardó en bascular. En pocos segundos, se había convertido en un bólido ciego que caía en picado.

A pesar de todos sus esfuerzos por mantener el equilibrio, Reseda cayó disparada sobre Gladíolo que estaba sin sentido. Lo agarró con todas sus fuerzas por el uniforme y lo sacudió chillándole en los oídos:

—Gladíolo, vuelve en ti. Te lo suplico. Nos estrellamos.

Con un sobresalto, Gladíolo abrió los ojos. Su mirada era vaga, lejana. Articuló con dificultad:

—¿Qué es lo que pasa?

—Te has caído sobre la palanca. Nos hemos salido del túnel de energía... ¡Haz algo!

Un destello de lucidez pasó por la mirada del piloto que ardía de fiebre. Sus ojos se fijaron en el giro-compás y se dio cuenta de que el aparato caía en picado. Se recobró y empuñó febrilmente los mandos manuales. Tiró hacia sí con un esfuerzo desesperado.

—Reseda..., ayúdame, dijo con voz ronca.

La muchacha comprendió al instante y agarró los mandos.

La visión del suelo que se acercaba a una velocidad fantástica casi le hizo lanzar un grito de terror. El silbido se hacía cada vez más estridente.

—Hay que... enderezarlo..., dijo Gladíolo.

Reseda se daba cuenta de que era imposible. Una masa verdeante y espesa, con un relieve inquietante, se abalanzaba irremediablemente contra ellos.

De repente, disminuyó el silbido. El estratobús volvió a levantar bruscamente su morro, echando hacia atrás a los dos pasajeros.

—Gladíolo... gritó Reseda: ¡nos hemos salvado!

—Todavía no..., murmuró el piloto.

Ahora sobrevolaban una zona desértica que contrastaba mucho con el infierno verde que habían entrevisto.

—Hay que volver a encontrar el túnel de energía, Gladíolo.

El piloto vaciló en su asiento, preso de un nuevo ataque.

—Imposible..., consiguió susurrar. Tenemos que aterrizar. Y pronto. Temo no poder... Allí..., hay un espacio abierto...

Apenas había pronunciado estas palabras cuando el

oleaje del bosque volvió a aparecer a través de las ventanillas.

Gladíolo, bañado en sudor, lanzó a Reseda una sonrisa alentadora:

—Esto marchará, le aseguró. Agárrate...

Reseda se hundió en su sillón de aire comprimido y se agarró a los brazos con las manos crispadas.

Gladíolo maniobró con los mandos y el estratobús viró dócilmente. Inmediatamente, la zona oscura y desértica apareció de nuevo ante ellos.

El piloto basculó hacia adelante las manecillas y chilló:

—¡Atención!

Un zumbido terrible invadió la cabina.

Reseda tuvo la impresión de que el vientre del estratobús había sido limado por una mano gigante. El cuadro de mandos se puso a vibrar y un haz de espuma se estrelló contra la cabina.

El choque arrancó a Reseda de su asiento. Un estrépito espantoso desgarró sus oídos. Millones de estrellas bailaron ante sus ojos.

Luego, un velo negro...

8. El pájaro de plata

REUNIDOS delante de la Choza-de-la-Medicina, los Seres-Humanos daban rienda suelta a su alegría. Noche-Negra había hecho las ofrendas de humo para dar las gracias a la Caja y, ahora, todos danzaban en su honor.

Voz-de-Trueno había mandado celebrar un gran banquete. Nunca su pueblo había conocido una prosperidad tan grande.

Al día siguiente de la expedición de Piernas-Largas, el brujo había aplicado sus medicinas. La acción benéfica de los brevajes había echado fuera la fiebre y la terrible enfermedad había desaparecido.

Luego, había pasado una cosa curiosa: a medida que volvía la salud a los cuerpos, el ánimo de los Seres-Humanos había cambiado. Desde que la Caja había levantado la ley, los hombres ya no se habían vuelto atrás. Una vez superado el tabú, habían tomado conciencia de sus grandes posibilidades y todos aspiraban a asumir las mayores responsabilidades.

Era cierto que la epidemia dejaba un reguero de veinte muertos y que muchos convalecientes estaban todavía débiles. Pero una energía nueva hacía su aparición y eso se debía al coraje de Piernas-Largas y de los jóvenes Bravos.

Una tarde, Piernas-Largas confió a Manos-Cortas:

—La epidemia ha debilitado las fuerzas de los Seres-Humanos. Los supervivientes parecen sombras. Te aseguro, Manos-Cortas, que no van a ser los lagartos, las orugas y las raíces que comemos las que van a devolver las fuerzas a los cuerpos débiles. En el bosque hay caza en abundancia y tenemos que ir en busca de ese rico alimento.

Manos-Cortas, que ardía, por su parte, en deseos de penetrar bajo los grandes árboles, se adhirió totalmente. Los jóvenes Bravos, en quienes el deseo de la aventura estaba latente como lo está el fuego bajo las cenizas, volvieron a empuñar las armas. Inventaron nuevos métodos de caza y aquella fue la época de las grandes expediciones...

Los cazadores volvían ahora con conejos, pavos y hasta con enormes ciervos que era preciso rodear y cazar entre muchos. Las mujeres desollaban esos animales de los que ninguna sabía el nombre.

Aquella alimentación devolvió las fuerzas a los más débiles y a los más fuertes les dio una energía insospechada. Las pieles de los animales sirvieron para hacer vestidos y mantas calientes y suaves.

Aquella repentina abundancia duplicó el valor de los cazadores, hasta tal punto que Voz-de-Trueno, preocupado por el futuro, trazó una línea de conducta. Una tarde decretó en el Consejo que nadie debía cazar más de lo que fuera necesario. Los Sabios ratificaron esta decisión moviendo sus cabezas.

Esa tarde, Guardián-del-Pasado abogó por la restauración de la ley. Pero Voz-de-Trueno hizo oídos sordos:

—Más tarde..., un poco más tarde, dijo evasivamente. Mira, Guardián-del Pasado, los Seres-Humanos se levantan como la hierba en la estación de las lluvias. Dejémosles aún un poco de tiempo para que se fortalezcan. Háblanos de eso cuando se encuentren saciados con esta savia nueva.

Los ojos de Corazón-de-Sauce chispearon maliciosamente. Con su voz dulce, añadió:

La nostalgia que llena tu corazón se desborda por tus labios, Guardián-del-Pasado. Pero no tengas miedo: el ardor de los jóvenes Bravos se enfriará por sí solo el día en que vean al monstruo de fuego que se te apareció...

Todos contuvieron la risa para que no se ofendiera Guardián-del-Pasado y bajaron la cabeza. El no contestó pero hizo añicos su pipa entre los dedos.

Desde hacía algunos días, Alba-Naciente se daba cuenta de que Piernas-Largas se comportaba de un modo curioso: ya no llevaba el collar de los que han entrado en la Choza-de-la-Medicina y se pasaba muchos ratos a solas con Noche-y-Día y Manos-Cortas. Cuando ella se acercaba al grupo, se callaban o hablaban de cosas sin importancia. Los tres sólo cazaban juntos... Se iban por la mañana con un puñado de nabos y por la tarde volvían con las manos vacías.

Alba-Naciente quiso indagar más. Aprovechó que los tres amigos estaban reunidos en la choza de Noche-y-Día para entrar sin llamar. Sorprendidos, los Bravos dejaron de hablar.

—Dime, Piernas-Largas, ¿están mejor los nabos cuando se los come a escondidas en el bosque?

Manos-Cortas se sintió muy avergonzado y Piernas-Largas contestó con una risa que sonaba a falsa:

—¿Por qué preguntas eso? ¿Qué historia es esa de los nabos?

—¿Es que piensas que no me he dado cuenta de vuestros manejos, de vuestros conciliábulos secretos? Parecéis tres conspiradores. Y además, ¿para qué sirven esos lazos de cuero que Noche-y-Día intenta ocultar tras su espalda?

El aludido se puso colorado.

—¿Se lo decimos?, preguntó Piernas-Largas a sus amigos.

Los otros respondieron encogiéndose de hombros con indiferencia.

—Bueno..., mira, dijo Piernas-Largas. ¿Te acuerdas del día en que trajimos el cuerpo sin vida de Dos-Hilillos? Te dije que yo había visto un caballo. Pues bien, no me engañé. Noche-y-Día conocía ese caballo desde hacía tiempo. Gracias a él, hemos podido acercarnos al animal y domesticarlo. Para conseguirlo, hemos tenido que darle nabos que le gustan mucho...

Durante unos momentos, pareció que los tres hombres soñaban. Piernas-Largas tuvo que hacer un esfuerzo para continuar:

—Imagínate, Alba-Naciente: ahora come en nuestras manos...

La muchacha estaba desconcertada. No se esperaba semejante revelación. Como mujer práctica que era, preguntó:

—¿No lo vais a matar para comerlo?

Manos-Cortas se sobresaltó:

—¿Cres que no tenemos sentimientos? Ese caballo, a pesar de la fuerza que tiene, es tan dulce, tan confiado, que hemos llegado a quererlo.

Alba-Naciente entendía las palabras de Manos-Cortas, pero se le escapaba su sentido.

—Querer..., dices. Querer a un animal... ¿Cómo es posible?

La cara de Piernas-Largas se iluminó:

—¿Qué cómo es posible? No lo sé... Es una cosa natural. La prueba está, añadió Piernas-Largas reventando de risa sin poder contenerse, la prueba está en que Noche-y-Día casi considera a ese caballo como a un hermano.

Noche-y-Día bajó la cabeza avergonzado, mientras los otros tres soltaban una carcajada.

Alba-Naciente subrayó:

—Ese caballo es sin duda un animal fantástico. Pero, decidme, ¿cómo es un caballo?

Manos-Cortas empujó a Noche-y-Día con el codo:

—Explícaselo tú que lo conoces desde hace más tiempo que nosotros.

Noche-y-Día se vio en un apuro. Por fin, carraspeó e intentó describir al animal:

—¡Bueno!... Es más grande que un hombre: su cabeza llegaría hasta el techo de esta tienda. Es también ancho y está todo cubierto de pelos.

—Sí, eso es, comentó Piernas-Largas. Algunos pelos son muy largos y blancos como los cabellos de El-que-ha-visto-al-Oso. Le cuelgan del cráneo, del cuello... y de la cola. La menor brisa hace que se ondulen como las ramas del sauce del río. Pero son mucho más delgados que las ramas más delgadas del sauce. Sus patas son muy especiales: se terminan con una gran uña negra y dura.

—¡Vuestro caballo es terrible!, gritó la muchacha que no compartía el entusiasmo de los tres Bravos.

—No, no, afirmó Manos-Cortas. No es feo. Sus uñas no impiden que su andar sea elegante y las huellas que deja en el suelo parecen medias lunas. Tiene también unos ojos bonitos y apacibles, sombreados por largas pestañas. Su nariz es tan suave como el musgo más fino, y sus vellosas orejas se estremecen en cuanto se le habla.

Desde hacía un momento, germinaba una idea en la mente de Alba-Naciente. Poco contenta, en apariencia, subrayó con falsa ironía:

—Mira tres cazadores que a duras penas saben describir a un animal. Mezcláis todo y yo no entiendo nada. ¿Quién de vosotros va a enseñarme el animal para que al fin me entere de cómo es?

Los Bravos, desconcertados, se quedaron mudos.

—Vamos, Piernas-Largas, decídete o me voy sola hasta allí.

El joven se puso en pie de un salto. Sin decir palabra, sus compañeros cogieron armas y lazos.

—En marcha, anunció Piernas-Largas. Y tú, Manos Cortas, no te olvides de los nabos.

A Piernas-Largas le gustaba el espíritu abierto de la muchacha y también su temeridad. Se sentía orgulloso de que fuera distinta de las demás mujeres de la tribu. La cogió de la mano y la hizo salir de la choza.

En el lindero del bosque, los senderos se metían por debajo de un follaje espeso. Manos-Cortas apartó las ramas que ocultaban un pasadizo aparentemente secreto. Noche-y-Día le hizo saber a Alba-Naciente:

—Esta es la pista que lleva al lugar donde vive el caballo. No se lo hemos enseñado aún a nadie.

Noche-y-Día se puso en cabeza. La muchacha iba pegada a sus talones, seguida por los otros dos Bravos.

De repente, Alba-Naciente entró en un mundo que no conocía, un universo lleno de asechanzas de toda clase, de ruidos insólitos. Las hojas le golpeaban en la cara, en el cuello, en el pecho. Manos invisibles la sujetaban de los cabellos como si quisieran arrancárselos y se agarraban a sus pantorrilas como para hacerle caer.

Se sentía atrapada, golpeada...

Casi se ahogaba en ese mundo cerrado, en donde era imposible ver nada delante de sí. Estaba aterrorizada; pero sentía que la invadía una exaltación muy grande. Además, podía tocar la espalda tranquilizadora de Noche-y-Día que marchaba delante de ella.

De pronto, dio un grito. De su brazo salía sangre.

—Cuidado con las espinas, sonó la voz de Piernas-Largas a sus espaldas.

Y le enseñó cómo tenía que caminar por el bajo bosque, cómo apartar las ramas traidoras, cómo levantar los pies para evitar las raíces. Era éste un mundo nuevo en el que había que aprender a vivir.

Caminaron largo rato...

Luego, la pista desembocó al fin en un claro. Alba-Naciente se extrañó de encontrar allí una choza y una chimenea que humeaba.

—¿Es ahí donde vive el caballo?, preguntó.

Manos-Cortas se rió abiertamente.

—No. Nosotros somos quienes hemos construido esa cabaña y en ella descansamos. Ahí, ante el fuego, fumamos pipas. El caballo viene a vernos y nos habla con los ojos.

Alba-Naciente no se atrevió a preguntar si el caballo también fumaba. Temía los sarcasmos de estos Bravos que sabían tantas cosas. Así que se decidió a esperar y descubrirlo por sí misma.

Los Bravos depositaron sus armas en el suelo. Aunque un poco intranquila, Alba-Naciente preguntó a Piernas-Largas:

—Puesto que es tan fácil domesticar a ese animal, ¿cómo es que no ha salido nunca del bosque para venir a vernos?

—La mayor parte de los animales son mucho más miedosos de lo que nosotros suponemos. Noche-y-Día dice que tienen sus buenas razones para desconfiar de los hombres, pero no sabe cuáles son. Es claro que huyen de nosotros por reflejo. El asegura que nos toca a nosotros dar los primeros pasos. ¿Sabes, Alba-Naciente?, Noche-y-Día no está loco como aseguran algunos. Yo creo que tiene razón.

Manos-Cortas no podía aguantar más y dijo impaciente a Noche-y-Día:

—Venga... Llámalo, puesto que es a ti a quien te hace más caso.

Noche-y-Día dirigió a la muchacha una mirada de hombre importante y poniendo sus manos en forma de bocina ante su boca, gritó a pleno pulmón:

—¡Eh, caballo!... ¡Ven, caballo! También esta vez los Seres-Humanos han traído nabos para ti.

No ocurrió nada y la muchacha sonrió con nerviosismo. Picado en el amor propio, Noche-y-Día lanzó de nuevo su llamada.....

Entonces, se agitaron las ramas y retumbó el suelo con un sordo martilleo. Alba-Naciente creyó que el bosque iba a partirse en dos. Un grito desconocido llenó el bajo bosque. Se apartaron las hojas y, cual una tempestad, saltó el caballo en medio del claro.

Llevaba atado al cuello el collar de Piernas-Largas. Era terrible y hermoso a la vez; blanco, salpicado de pequeñas manchas negras irregulares. Su hocico palpitaba al oler a los hombres. Lanzó otra vez su grito y, levantándose sobre las patas traseras, golpeó el aire con sus pezuñas, semejando un combate titánico.

El vértigo hizo tambalearse a Alba-Naciente, que corrió a refugiarse detrás de Piernas-Largas. Echó una mirada por debajo del brazo de éste: no podía apartar los ojos de aquel animal extraordinario.

—No tengas miedo, la tranquilizó Manos-Cortas. Siempre hace lo mismo. Es su manera de saludar.

Noche-y-Día se había adelantado ya:

—Toma, caballo, aquí está tu nabo. Sabemos que te gusta.

El caballo se lo comió y, luego, escarbó furiosamente en el suelo con su pezuña.

—Quiere otro, dijo Piernas-Largas. Acércate, Alba-Naciente, que va a comer en tu mano.

Animada por los tres cazadores que no parecían tener miedo alguno, la muchacha se atrevió a acercarse...

El animal la miró con sus ojos negros y atrapó de un bocado la raíz. Alba-Naciente se estremeció: el hocico musgoso había rozado su mano. Y sus aprensiones se cambiaron en admiración: aquí, se habían cambiado los valores. Los hombres jugaban como niños con el animal. Noche-y-Día abrazó al caballo por el cuello y Piernas-Largas juntó su mejilla a la del animal. Incluso llegó a frotar su nariz contra la del caballo.

Alba-Naciente pataleó:

—Piernas-Largas, ¿has olvidado el compromiso que tienes conmigo?

Los hombres abrieron unos ojos como platos y soltaron una carcajada.

—Mirad esta mujer, soltó Manos-Cortas: está celosa del caballo.

Y como las carcajadas seguían a más y mejor, Alba-Naciente se tuvo que unir a ellas.

Ahora, habituada ya al animal, la muchacha preguntó:

—¿Tiene nombre?

—No. Es verdad..., hay que ponérselo, contestó Manos-Cortas. ¿Qué os parece *Cuerpo-Grande*?

—Ese nombre puede molestarle, se rebeló Noche-y-Día. ¿No os parece mejor *Animal-Peludo*?

—¿Y por qué no llamarle simplemente *Gran-Caballo?* Este es ya en parte su nombre de animal.

Alba-Naciente le susurró su nombre al oído, como hacían las madres con los recién nacidos. Lo acarició también en la mejilla. Gran-Caballo relinchó para demostrar que le gustaba.

Entonces, Noche-y-Día recordó:

—Guardián-del-Pasado dice que los antepasados montaban a lomos de estos animales para ir de un sitio a otro y para hacer la guerra. Nuestros antepasados eran hombres muy valientes.

Manos-Cortas hinchó el pecho:

—Montar en un animal tan dócil no requiere ninguna valentía. Lo que podían hacer los antepasados de Manos-Cortas también puede hacerlo Manos-Cortas. Además, su lomo es ancho y confortable. Noche-y-Día, ponle el lazo alrededor del cuello, que voy a montar a Gran Caballo.

Noche-y-Día lo hizo y Manos-Cortas se puso al lado del animal. Desde allí, inspeccionó el lomo redondo. Y, volviéndose hacia Noche-y-Día, le dijo:

—¿Te ha explicado Guardián-del-Pasado cómo montaban nuestros antepasados en estos animales? Este es muy alto...

Piernas-Largas se chanceó:

—O tal vez Manos-Cortas es muy pequeño... Mira, vas a ver.

Por su parte, Piernas-Largas agarró fuertemente la crin, tiró, saltó... y se encontró al otro lado del animal, sentado en la hierba.

Comenzaron las chirigotas y el cazador, humillado, decidió intentarlo de nuevo. Esta vez, calculando mejor su impulso, dobló las rodillas y saltó...

Perfectamente acomodado sobre el animal, enarbolaba un gesto de triunfo, cuando de repente Gran-Caballo se animó. Se puso a correr, a saltar, a hacer escarceos en todas las direcciones hasta que Piernas-Largas dio otra vez con su cuerpo en tierra.

—¿Estás seguro, Noche-y-Día, de que Guardián-del Pasado te ha dicho que los antepasados montaban en estos animales?, preguntó Piernas-Largas. ¿No caminarían tal vez al lado de ellos?

—No, no. Montaban a horcajadas, estoy seguro, precisó el Bravo, que se tapaba la boca para no estallar de risa.

—Bueno..., dijo Piernas-Largas con resignación. Voy a empezar otra vez...

Cuando, al sexto intento, el Bravo logró por fin quedarse sentado sobre Gran-Caballo, todo su cuerpo estaba molido. Su piel, desgarrada por varios sitios, le hacía sufrir; pero no lo dejó entrever. Una idea cruzó por su mente:

—Vamos a llevar a Gran-Caballo al pueblo. Ya es hora de demostrarle que los Seres-Humanos son sus amigos.

La propuesta no pareció descabellada a nadie. Noche-y-Día lo cogió de la brida y anunció alegremente:

—Vamos allá, Piernas-Largas. Pero antes baja de Gran-Caballo, porque podrías caerte delante de los otros cazadores.

En la linde del bosque, Gran-Caballo dudó. La muchacha tuvo que acariciarlo y Manos-Cortas debió tirar de la brida para convencerlo de que atravesara el límite que lo había separado hasta ahora de los hombres.

En el río se detuvo, bebió agua y continuó, por sí mismo, en dirección al pueblo.

Al acercarse a las primeras chozas, Piernas-Largas tuvo que rendirse ante la evidencia: en lugar de ser festejado como esperaba el Bravo, Gran-Caballo causó espanto: las mujeres, los chiquillos y los Viejos Sabios se pusieron a gritar al monstruo y corrieron a esconderse en sus cabañas. Llevando al animal de la brida, Piernas-Largas pasó una y otra vez por entre las chozas para demostrar que el animal no era malo.

Por fin, algunas viejas curiosas sacaron fuera la nariz, y los Viejos Sabios tuvieron que imitarlas por no parecer cobardes. A Gran-Caballo le vinieron ganas de dar brincos por el pueblo. Así, todos pudieron contemplarlo y admirarlo. Los chiquillos, más atrevidos que los mayores, lo rodearon, le pasaron la mano por encima y acabaron por acariciarlo.

El entretenimiento duró hasta la tarde. Un poco antes de ponerse el sol, Gran-Caballo lanzó un largo relincho, se encabritó, piafó y partió al galope. Saltó el río de un brinco y desapareció entre los árboles.

Cuando se quedaron solos, los Seres-Humanos experimentaron un gran vacío. Se dieron cuenta, con asombro, de que se habían acostumbrado muy pronto a la presencia del animal.

Por la noche, antes de dormirse, Brizna-de-Hierba preguntó a su madre:

—¿Volveremos a ver mañana a Gran-Caballo?

Sonrisa-Tímida le contestó:

—Creo que no... Mira, Brizna-de-Hierba, los Seres-Humanos viven en un lugar, los animales en otro...

Brizna-de-Hierba se durmió. Y soñó con Gran-Caballo.

Al alba, un gran estruendo despertó a los Seres-Humanos: era un fragor sordo que crecía desmesuradamente. Tembló el suelo. Pasó un huracán entre las chozas. Muchas de ellas, sacudidas, casi se derrumbaron.

Sonrisa-Tímida apretó entre sus brazos a Brizna-de-Hierba y Manos-Cortas corrió hacia las armas.

Fuera, era el pánico... En medio de una espesa polvareda que se agarraba a la garganta, las madres, despeinadas, corrían perdidas, guiadas únicamente por los gritos de sus hijos que huían ciegamente. Los Bravos, gritando, intentaban agruparse y se desplazaban en todas direcciones. Noche-Negra, delante de su tienda medio derrumbada, enarbolaba la pipa sagrada. Voz-de-Trueno daba órdenes que nadie entendía.

Aprovechando una ligera calma, Piernas-Largas gritó:

—¡A la plaza!

Y fue la avalancha.

Pero los primeros que llegaron se volvieron atrás, espantados: la plaza desaparecía cubierta por un torbellino de polvo. Sólo emergía de él, el Monolito-de-las-Grandes-Cosas. El ruido infernal salía de esta nube que iba espesándose.

De repente, y sin saber por qué, cesó el estrépito. Con mayor rapidez de la que había llegado...

... El polvo se posó lentamente, dejando ver un espectáculo extraño: ante la piedra negra erguida, Gran-Caballo, con la crin erizada, temblándole el hocico, escarbaba en el suelo y daba relinchos. Alrededor de él, cuatro yeguas y dos potrillos parecían esperar órdenes.

Al ver a Noche-y-Día, Gran Caballo se puso de manos, caracoleó y, dando un relincho sonoro, se le acercó y metió el hocico bajo su brazo.

El Bravo, como si fuese la cosa más natural del mundo, anunció:

—Esto quere decir que Gran-Caballo viene a presentarnos a sus mujeres y a sus hijos. Trae nabos, Noche-Negra, que vamos a presentarnos.

El brujo se quedó pasmado.

Un grito agudo, desgarrador, paralizó a los Seres-Humanos. Piernas-Largas se volvió de un salto. En la última fila de curiosos, El-que-ha-visto-al-Oso, con las manos apretadas alrededor de la garganta, jadeaba con los ojos desorbitados. Al fin, cayó al suelo desvanecido.

Corazón-de-Sauce se precipitó hasta él tan de prisa como le permitieron sus viejas piernas.

—¡Está muerto!, anunció.

Y como para disculpar al Bravo de cabellos blancos, añadió:

—El-que-ha-visto-al-Oso no ha podido soportar esta segunda emoción. Su espíritu no estaba lo suficientemente atado a su cuerpo.

Sol-Rojo, Sin-Huella y Noche-y-Día levantaron un nuevo catafalco. Ninguna mujer se cortó el cabello ni nadie se arañó el rostro: desde hacía mucho tiempo, las mujeres no visitaban ya la choza de El-que-ha-visto-al-Oso, sus padres habían muerto de desesperación y él ya no tenía amigos.

Con la llegada de la familia de Gran-Caballo, la vida de los Seres-Humanos conoció una nueva etapa. La intervención de Corazón-de-Sauce había sido determinante en el

Consejo. Había interpelado a Guardián-del-Pasado muy enérgicamente:

—Desde hace algún tiempo parece que ahorras las palabras. ¿No tendrías que revelar a los jóvenes Bravos los secretos de tu memoria? Estos son ahora amigos de los caballos y tú sabes mejor que nadie los servicios que estos animales prestaban a los antepasados. Antes, nos contabas muchas cosas... Nos decías que estos poderosos animales, atados de un modo determinado, arrastraban grandes pesos. ¿Te dignarás al fin explicarnos las cosas antiguas? ¿O serán los jóvenes Bravos los que tendrán que reinventarlas como han hecho con las armas?

Sólo un Ser-Humano tan viejo como Corazón-de-Sauce podía hablar así a Guardián-del-Pasado. E hizo uso de este derecho.

Entonces habló Guardián-del-Pasado...

Ante el interés que suscitaba, era incluso inagotable. Todas las tardes, alrededor del fuego, los jóvenes Bravos venían a escucharle incansables.

Aprendieron a colocar grandes yugos en el cuello de los caballos para hacerles transportar pesadas cargas. Supieron también que, pasándoles una brida por la boca, era posible guiarlos.

Con la piel de los ciervos y de los alces, montaron *tepees* [1] en las que hacía calor en invierno y fresco en verano. Aprendieron también otras muchas cosas más... Los Bravos adornaron sus cabezas con bellas cofias de plumas y su cuello con collares hechos de uñas de animales.

Manos-Cortas hizo con un hueso de cierva una flauta de seis agujeros que regaló a Brizna-de-Hierba. Y el campo se llenó de sonidos desafinados.

Sí, Guardián-del-Pasado era incansable.

Sin embargo, todavía faltaba una cosa para satisfacer la curiosidad de Piernas-Largas: Guardián-del-Pasado era incapaz de decirle de dónde procedía el hierro, esa materia que había servido a los antepasados para fabricar la Caja.

---

[1] *Tepee:* tienda de los pieles rojas.

Y, no obstante, el hierro salía a cada momento en las frases del narrador. Nada era más irritante que oír hablar a Guardián-del-Pasado del hierro a propósito de cualquier cosa. El hierro, aseguraba, tenía propiedades casi sobrenaturales. Pero ésta era una materia que había que usar con prudencia: había contribuido a la evolución de los antepasados, pero había sido también causa de su decadencia.

¿Por qué? Eso le era imposible explicarlo a Guardián-del-Pasado.

Piernas-Largas pensaba que el Viejo Sabio quería ocultar alguna cosa a los jóvenes Bravos.

Una tarde, a propósito del hierro, habló de cierto bastón-de-fuego, un arma que lanzaba proyectiles más allá de lo que podía recorrer un Bravo en el tiempo que duraba fumar una pipa. Pero Piernas-Largas no consiguió saber más: los jóvenes se rieron a carcajadas y no creyeron una sola palabra de esa historia.

Doble-Luna confió a Cielo-Blanco:

—Cuando este viejo se lanza a describir cosas, siempre exagera.

Guardián-del-Pasado había oído a Doble-Luna. Hizo caso omiso del insulto, pero nunca volvió a hablar del bastón-de-fuego.

Llegó un tiempo en que todos los Bravos tenían su caballo. Y entonces llevaron hasta muy lejos la presencia del hombre. Muchos animales se acostumbraron a ella.

Como los Seres-Humanos no mataban más que lo necesario para comer, los animales aprendieron a no detestarlos y acabaron por aceptar su presencia.

Entonces, un perro siguió a Madera-Seca y se vino con él hasta su choza. Desde ese momento, muchos otros animales se acercaron tímidamente al pueblo. Luego, se quedaron allí. Además de caballos y perros, se vieron canarios, ardillas, mapaches, faisanes y un animal que olía mal y que se llamaba turón. Gansos salvajes se situaron en la Choza-de-la-Medicina y anidaron allí durante una temporada.

Voz-de-Trueno puso en vigor una nueva norma: se prohibía matar a ningún animal dentro del poblado. Los Bravos debían cazar más allá de los antiguos límites. Incluso se dio un nombre al inmenso espacio que rodeaba la tierra de los Seres-Humanos: se le llamó «el territorio de caza».

Todas las mañanas, Piernas-Largas recogía a Gran-Caballo y se iban los dos hasta el río.

Pero aquella mañana, Gran-Caballo no quiso beber en la corriente de agua. Parecía inquieto, expectante... Su hocico temblaba como cuando barruntaba una tormenta.

El joven quiso tranquilizarlo, pero de repente se encabritó. Un silbido terrible se metió en los oídos de Piernas-Largas. Pegando las manos a las orejas, dirigió la vista hacia el lugar de donde provenía el ruido: una flecha de plata desgarró el cielo silbando y desapareció detrás de los árboles.

Con dolor en los oídos y la cabeza a punto de estallarle, el Bravo saltó sobre el lomo del animal y galopó hacia el poblado.

Los Seres-Humanos, pasmados, estaban todavía mirando hacia arriba con las manos crispadas en los oídos. Clavados en el suelo y con la mirada en el cielo, estaban temblando.

Ya se había difuminado el ruido estridente, pero todos sabían que iba a volver. Las nubes vibraban de nuevo.

—Mirad: ya vuelve, chilló Noche-y-Día. Es el pájaro de plata.

Un punto brillante apareció por encima del bosque. Creció más y más. Noche-y-Día estaba desconocido.

—¡Es él, os lo aseguro!, chillaba pataleando.

Piernas-Largas distinguió claramente el cuerpo afilado y las alas del pájaro que caía en picado sobre el poblado. Era enormemente grande.

Un soplo caliente cortó la respiración de Piernas-Largas. El ruido se fue intensificando. El pájaro rozó la punta del Monolito-de-las-Grandes-Cosas, salpicó agua del río y se precipitó entre los árboles con el ruido de un huracán. Al choque, la tierra tembló y el horizonte desapareció tras una gran nube negra que trepaba hasta el cielo.

Ahora, los Seres-Humanos podían oír los latidos de su corazón. Noche-y-Día, tumbado cuan largo era, arañaba el suelo con las uñas.

—Ha caído, murmuraba. Está muerto.

Sus gemidos hacían daño. Luego, el Bravo se incorporó sobre sus rodillas. Tendió los brazos hacia la multitud e imploró:

—El pájaro tal vez sólo esté herido. ¿Qué esperamos para ir a socorrerle?

Voz-de-Trueno fue el primero en reaccionar, y ordenó:

—Eso es. Noche-y-Día tiene razón. Vamos a ver...

La voz del jefe alejó el miedo de los ánimos. Salieron gritos de todos los lados. La acción relajaba los nervios.

Los Bravos montaron a caballo y se lanzaron hacia el lugar por donde había desaparecido el pájaro.

En la linde del bosque, Piernas-Largas quedó clavado por el espanto: el pájaro había abierto un camino de cincuenta pasos de anchura a través de los árboles. A su paso, lo había arrasado todo. Los troncos triturados, entrelazados, y las hojas y ramas despedazadas bordeaban la tierra socavada. No quedaba ni una hierba por todo el reguero profundo, al final del cual, allá al fondo, aparecía el pájaro inmóvil.

—Cuidado, dijo Voz-de-Trueno. Este pájaro tiene una fuerza inimaginable.

Dejaron los caballos al comienzo de la terrible zanja. Los Bravos avanzaron con prudencia, protegidos por sus escudos. Avanzaban a saltos, acechando la menor reacción del gran animal.

Cuando llegaron a pocos pasos de la bestia, parapetado detrás de un tronco destrozado, Piernas-Largas cuchicheó al oído de Voz-de-Trueno:

—Yo creo que está muerto. Su cuerpo está partido por la mitad y ya no respira.

—Es posible..., susurró el jefe, que contemplaba el desgarrón que había en el flanco del animal. Di a los demás que no se muevan: voy a ver.

Tres-Hojas, Viento-Frío y Tambor-Misterioso se deslizaron al lado de Piernas-Largas. Vieron cómo se arrastraba Voz-de-Trueno.

—Es un temerario, subrayó Viento-Frío con admiración.

Iba a contestarle Tres-Hojas cuando se oyó la llamada del jefe:

—Venid todos. El pájaro es seguro que está muerto pero hay algo más...

Voz-de-Trueno les señaló dos figuras. La una yacía a sus pies, la otra estaba colgando por la rotura del pájaro.

—¿Qué es eso?, preguntó Piernas-Largas. Se diría que son hombres.

—No lo creo, respondió Voz-de-Trueno. No se parecen a los Seres-Humanos.

—Sin embargo, tienen una cabeza, dos piernas y dos brazos, como nosotros, insistió Manos-Cortas.

—Es verdad, admitió el jefe, confuso. Pero eso no basta para ser hombres. ¿Saben por lo menos hablar?

Indeciso, pasó el dedo por su mentón:

—A pesar de todo, yo pienso que no se trata de animales.

—Entonces..., dijo Tambor-Misterioso. Si no son ni animales ni hombres..., son otra clase de seres.

El jefe reflexionó aún unos momentos y asintió con un suspiro:

—Pues sí... Sin duda, son seres.

Y añadió como para sí:

—Es extraño que Guardián-del-Pasado no haya hablado nunca de ellos.

Piernas-Largas se acercó al ser que colgaba por la rotura y le pinchó suavemente con su lanza.

—Este ciertamente está muerto, afirmó. No se mueve.

Se fue hacia el otro, pinchó otra vez y dio un salto atrás:

—¡Cuidado! Aún está vivo: acaba de abrir los ojos...

9. La pesadilla

En la pista del astropuerto Noroeste de la Ciudad 3 reinaba la mayor emoción: hacía casi un minuto que el estratobús especial debería haber llegado a su destino. Así, cuando se abrió el diafragma para dejar paso a un aparato, brotaron exclamaciones de la multitud, unas tranquilizadoras, otras llenas de inquietud.

—¡Qué retraso! Esto va a perturbar el orden del astropuerto toda la mañana.

—No se trata de un retraso. Es algo mucho más extraño: el estratobús que acaba de aterrizar es el de las 9,94. Pero el que tenía que llegar antes que éste, el de las 9,93, no ha llegado todavía.

—¿Qué ha pasado? ¡Esto es inverosímil!

—¡Esto no se ha visto nunca!

En el puesto de control, la lámpara azul se había encendido. Era la primera vez que sucedía desde hacía tres mil años: ¡un estratobús no había llegado!

El responsable del tráfico consultó el cronocuarzo con una sorpresa que poco a poco se fue transformando en asombro. En los astropuertos, cada salida y cada llegada de estratobús se llevaba al minuto con suma precisión. Además, como no había nada que pudiera estorbar la carrera de los motores dentro de sus túneles de ondas portadoras, tampoco había razón alguna para que se produjese ningún retraso.

Pero la lámpara azul acababa de encenderse...

El técnico-encargado se puso en seguida en contacto con el fichero central.

—¿Ordenador de la Ciudad 3?, preguntó en cuanto se estableció el contacto vídeo. Aquí Edelweiss, astropuerto Noroeste. El estratobús especial de las 9,93 no se ha presentado en el diafragma...

El ordenador grabó la noticia. No dependiendo de él este caso excepcional, el cerebro electrónico pidió al relevo manual que hiciera frente a ese enigma.

En la torre del fichero central, la primera reacción fue de incredulidad. Pero a medida que pasaban los minutos dio paso a la inquietud: una situación totalmente fuera de lo normal, enloquecía los ánimos.

Edelweiss se puso inmediatamente en contacto con el estratobús que había salido de la Ciudad 4 un cuarto de hora después que el aparato dado por desaparecido. Su piloto recibió el mensaje en pleno vuelo.

—Edelweiss al piloto... Edelweiss al piloto... El estratobús que le precede no ha hecho todavía su aparición en el diafragma del astropuerto Noroeste. Conecte los detectores de sonido para evitar una posible colisión.

—Pero..., protestó el piloto. ¿No ha intentado contactar con él para saber lo que ha pasado?

—No responde, exclamó Edelweiss. Y se ha encendido la lámpara azul.

Se dibujó el asombro en el rostro del piloto.

—Decididamente, murmuró, hoy es el día de los accidentes...

Edelweiss frunció el ceño.

—¿Por qué?, preguntó. ¿Has notado alguna anomalía en el funcionamiento de tu estratobús?

—No tiene ninguna relación con eso, dijo el piloto con tono tranquilizador. Sólo tengo dos pasajeros que no se encuentran en estado normal...

—¿Qué quieres decir?

—Uno de ellos se quejaba de dolores de cabeza ya antes de salir. El otro es incapaz de la más mínima reacción: está postrado en su asiento y dice palabras que no tienen sentido. Su cuerpo está quemando.

A Edelweiss, al oír esta noticia, le dio un vuelco el corazón. Comenzó a asustarse... Ciertamente, no podía establecer una relación precisa entre el estado anormal de estos pasajeros y la desaparición del estratobús, pero una sorda angustia empezó a roerle las entrañas.

Edelweiss fue el primero de la Ciudad 3 en saber que se había metido un granito de arena en esta mecánica tan bien engrasada que constituía el orgullo de los hombres del 6112.

La llegada del estratobús de las 0,09 le confirmó en sus sospechas. El piloto se presentó ante él nada más aterrizar.

—Ninguna huella del estratobús que me precedía, declaró.

Edelweiss movió la cabeza.

—Sin embargo, acabo de hablar con la Ciudad 4: el aparato despegó casi en una milésima de segundo. Salió..., pero no ha llegado. Se pierde su pista entre la Ciudad 4 y la Ciudad 3. Ninguna llamada durante los cien minutos de vuelo...

—¿Qué ha podido pasar?

—El estratobús ha salido del túnel de energía por alguna razón desconocida, dijo Edelweiss con tono sombrío. Como la mayor parte del trayecto consiste en sobrevolar el Océano, hay muchas probabilidades de que se haya hundido en él...

«... Se nos comunica que muchos pasajeros llegados en las últimas horas a nuestra ciudad dan muestras de un fenómeno llamado *enfermedad*. Recordamos que la enfermedad había desaparecido de nuestras ciudades después de la era del Petróleo. Nuestros especialistas van a proceder a estudiar este problema y existen fundadas razones de que puedan dominar la situación. Sin embargo, de la Ciudad 3 nos llega una noticia espantosa: el estratobús especial de las 9,93 no ha llegado a su destino. El ordenador del fichero central no está todavía en condiciones de emitir ninguna hipótesis en relación con este acontecimiento. Daremos más información cuando dispongamos de nuevos datos. Nos comunican de la Ciudad 1...»

Ciclamen apagó la pantalla del videófono y marcó rápidamente un número. En su cabeza sonaban mil campanas. La sangre latía en sus sienes a un ritmo desenfrenado.

—Rodo, ¿has oído la noticia? Ese es el estratobús de Reseda..., de ***Reseda,*** ¿te das cuenta?

El director del museo parecía también muy abatido. Intentó soslayar la mirada enrojecida de fiebre de su amigo.

—Aún no está todo perdido..., dijo con tono poco convincente.

Intentando ocultar su malestar, prosiguió:

—¿En qué punto se encuentran tus investigaciones? Lamento tener que hacerte ahora esta pregunta, Ciclamen, pero la situación empeora de hora en hora. Recibo llamadas urgentes del fichero central. Las autoridades están muy preocupadas. El ordenador ya no puede atender a...

Ciclamen sintió que le invadía un resentimiento repentino:

—¡Me río de las autoridades!, aulló. Mi hija ha desaparecido, ¿te das cuenta? ¿Y qué hacen esas autoridades para intentar encontrarla?

—Cálmate: es probable que envíen un estratobús de reconocimiento. Como el aparato desaparecido se ha salido del túnel, el equipo de socorro sobrevolará el mundo exterior...

—¿Te estás burlando de mí? El módulo se ha podido posar en un radio de miles de kilómetros. No es a un equipo de socorro al que hay que acudir. Las cuatro ciudades deben movilizar todos los estratobuses disponibles...

—Ciclamen... Tú no quieres entender.

Rodo hizo una pausa. Parecía que respiraba con dificultad, como si se le acabaran las fuerzas.

—La situación es desesperada, anunció con tono decidido. Hace una hora apenas, los enfermos se contaban por centenares. Los centros R.D.C. son tomados literalmente al asalto. Y los técnicos no pueden hacer nada por ellos. Se les envía a... a las *Casas del Recuerdo*.

—¿Qué?

—La de mi distrito ha tenido que proceder, esta mañana, a la incineración de quince personas que han muerto antes del Cap. Y los enfermos que llegan no son sino unos condenados a muerte. Sin contar a los que ya están aquejados por la enfermedad sin saberlo ellos aún. Comprende que en este momento...

Rodo dudó un poco. Luego, estalló en un sollozo:

—La suerte del mundo está en tus manos.

Ciclamen quedó abatido. Tartamudeó:

—Yo no sabía... que las cosas hubiesen llegado tan lejos.

—No confiamos sino en tu fórmula, siguió Rodo. Ya se han tomado toda clase de precauciones en las cuatro ciudades.

—¿Qué quieres decir?

—Las fábricas químicas han sido movilizadas; se ha parado, de momento, la producción de alimentos, por causa del estado de urgencia. Todos los ingenieros están esperando saber la composición del medicamento...

—¿Es que no podrían ellos estar haciendo investigaciones también?

—Son incapaces. Los especialistas R.D.C. no son médicos. Hasta hace diez días, el único en el mundo que sabía lo que era un microbio eras tú. Por el contrario, son excelentes técnicos. En cuanto tengan la fórmula del antídoto, su fabricación y distribución a escala mundial no llevará una hora.

Ciclamen volvió la vista a sus libros. Ante sus ojos danzaba, obstinadamente, la imagen de Reseda. Se cogió la cabeza entre las manos.

—No lo conseguiré nunca, gimió.

La fiebre, la fatiga, la brutal noticia de la desaparición de su hija, todo eso trastornaba a Ciclamen, ahogaba todas sus informaciones en una terrible zarabanda. Las palabras antiguas que había en los libros daban vueltas en su cabeza:

vitascorbol, sulfamidas, penicilina... ¿Estaba allí el remedio? Si estaba, ¿en qué libro iba a descubrir la fórmula? Y todos estos libros que se amontonaban...

—Voy a llamar al astropuerto de la Ciudad 3, decidió Ciclamen recobrando un poco de confianza. Quiero informarme sobre Reseda, sobre el estratobús... Luego, volveré al trabajo, hasta el final. Te lo prometo. A condición de que me deje la gripe. Te llamaré al museo.

—No, respondió Rodo en voz baja. Yo me voy en seguida a la casa del recuerdo. No creo que pueda resistir el golpe durante mucho tiempo. Además, mi presencia no es indispensable...

Como temía, la línea vídeo del astropuerto Noroeste estaba ocupada. Ciclamen marcó el número de Violeta. Un segundo después aparecía ella en la pantalla.

Activa, vivaz, llena siempre de lozanía y de inteligencia, Violeta no era hoy más que una madre enloquecida. Tenía el aspecto descompuesto por la angustia. Al ver a Ciclamen se derrumbó:

—¡Reseda no estaba en el astropuerto! Iba en el módulo que han dado por desaparecido. Pero..., ¡cómo brillan tus ojos!... ¿Qué te pasa?

—Estoy enfermo, le confesó Ciclamen. Desde hace ya varios días. Es preciso que vayas inmediatamente al museo de tu ciudad y que busques al director. Tal vez haya en sus archivos documentos que...

Violeta le detuvo con un gesto:

—¿Es que no estás al corriente? Está prohibido salir a la calle. Para cortar la propagación de la enfermedad, el ordenador del fichero central ha impuesto el aislamiento de toda la población. Todos los vuelos de estratobuses se han suspendido para que no se extienda más la gripe. Deberían haber tomado estas medidas cuando aparecieron los primeros síntomas. Corre el rumor de que han muerto ya centenares de personas antes del Cap...

Cuando Ciclamen despidió a Violeta en el videófono, estaba seguro de que no volverían a verse nunca. Sin embargo, tenía una secreta esperanza de que Reseda estuviera todavía viva. Como estaba demasiado cansado y demasiado preocupado para seguir con las investigaciones, se pasó cerca de una hora intentando marcar una y otra vez el número del astropuerto Noroeste. Cuando por fin obtuvo la comunicación, una cinta automática le contestó:

«No se ha encontrado al estratobús desaparecido. A causa del número creciente de víctimas de la *gripe,* se han adoptado medidas excepcionales y se ha suspendido el envío de una expedición de socorro hasta nueva orden. El tráfico de estratobuses ha sido detenido totalmente desde hace una hora. Para cualquier otra información...»

Los dedos de Ciclamen golpearon las teclas del videófono.

—Deseo que me den el número de llamada del estratobús accidentado...

El empleado que le contestó tenía los ojos llorosos y aspecto cansado. Su voz parecía poco segura:

—El estratobús no contesta..., ya lo hemos intentado nosotros.

—¡Deme ese número!, insistió Ciclamen. ¿Qué le cuesta hacer eso?

—Terribles esfuerzos, confesó el empleado. Es la primera vez que me encuentro en tal estado...

—Usted tiene la gripe.

El empleado palideció.

—¿La *gripe*? Es decir, la enfermedad que...

—Sí. ¿El número de llamada del estratobús?

Con gestos mecánicos, el empleado cogió un casetrífono. Ciclamen anotó cuidadosamente la información.

—Tal vez me debería ir en seguida a un centro R.D.C., dijo el empleado, como si pidiera un consejo. Mi último tratamiento es bastante reciente, pero...

—Es inútil, le cortó Ciclamen. Los centros R.D.C. rebosan de enfermos. Además, los técnicos no pueden hacer nada por ellos.

—Pero entonces..., musitó el empleado, ¿adónde debo yo...?

—A una *Casa del Recuerdo*.

Ciclamen cortó el circuito y marcó febrilmente el número del estratobús. Pero la pantalla permaneció opaca y se desvaneció su loca esperanza: nadie hacía allí el menor gesto para ponerse en comunicación con él. Además, ¿habría alguien vivo frente al videófono? ¿Podía siquiera funcionar el aparato? Ciclamen hubiera dado lo que le quedaba de vida por saberlo.

La hora siguiente la pasó como en una pesadilla: Ciclamen ya ni siquiera tenía esperanzas de encontrar la fórmula tan deseada en los pocos libros que le quedaban por consultar. Sencillamente, sólo quería proseguir su tarea hasta que se le acabaran las fuerzas, para tener la conciencia tranquila, para morir con la certeza de que había hecho todo lo que estaba en su mano.

Minuto a minuto, la gripe adquiría enormes proporciones. No había perdonado a ninguna de las cuatro ciudades. En la atmósfera pura, los microbios se habían multiplicado y extendido con una rapidez aterradora. Habían encontrado organismos sin defensas que, desde hacía cuatro mil años, habían perdido completamente la costumbre de crear anticuerpos. Los progresos de la gripe eran variables según los individuos: atacaba en primer lugar a los viejos, como si los tratamientos R.D.C. hubieran acrecentado la debilidad de los viejos. A veces se los llevaba en pocas horas. En los más jóvenes, la resistencia era más tenaz y la gripe tenía que luchar más tiempo.

Sin embargo, catorce días después del salvamento del caballo, las víctimas se contaban por centenares. En las

Casas del Recuerdo, los enfermos, aterrados, esperaban la hora de su muerte.

El tono de los locutores había cambiado: las emisiones informativas difundían ahora en todo momento noticias alarmantes. De golpe, la población de las cuatro ciudades había tomado conciencia de que se acababa la ganga de los cuatro mil años por una simple imprudencia. Al abrigo del mundo exterior, dentro de sus burbujas invulnerables, los habitantes se habían imaginado siempre que nada podría hacer presa en ellos.

Era un sueño que empezaba a desmoronarse.

Rododendro se había encaminado a la *Casa del Recuerdo* de su distrito. Estaba —el colmo de la ironía— en el barrio de la Angustia.

El director del Museo 4 se puso en la larga cola de espera. En las calles vacías no estaban más que los enfermos, siluetas macilentas e incrédulas que preferían la muerte colectiva a la reclusión en su célula de habitación.

En las *Casas del Recuerdo,* ¿No habría, a pesar de todo, alguna esperanza?

¡Ay!, el espectáculo era pavoroso: los enfermos se apilaban, febriles y vacilantes, en las salas comunes. Los funcionarios habían huido de la epidemia, dejando que los condenados incineraran ellos mismos a sus muertos.

Unidos por el infortunio como los antiguos leprosos, los enfermos daban rienda suelta a su resentimiento. Algunos se quejaban de injusticia. Otros juzgaban la situación presente como una fatalidad.

—Nosotros somos los primeros, pero yo no les doy ni diez días a las ciudades antes de que toda la población esté contagiada.

—¿Qué es lo que ha podido pasar?, preguntaba otro. ¿Cómo se ha podido producir este cataclismo?

—A causa del caballo..., respondió uno que estaba hundido en una banqueta de aire comprimido.

—¿Qué dice?

—Está delirando...

El moribundo levantó la cabeza. En sus ojos brillantes había aún un pequeño fulgor de conciencia.

—No... deliro, murmuró. Soy... el director del museo... Me llamo Rododendro... ¿Y tú?

—Crisantemo.

Una frágil sonrisa afloró a los labios de Rodo.

—Ese es un... bonito nombre para morir.

—¿Qué dice?

Crisantemo tiritó por la fiebre y se encogió de hombros.

—Está delirando, repitió.

Ciclamen salió de su sopor. Abrió los ojos con dificultad y se dio cuenta de que estaba derrumbado sobre su buró. Su mano se había quedado señalando en el libro. A duras penas la despegó, de tan empapada que estaba de sudor.

Sintió escalofríos, se levantó y titubeó un instante. El teleburó se puso a dar vueltas a su alrededor. Necesitó hacer los mayores esfuerzos para desbloquear la pared, franquear el vestíbulo y entrar en el tridihall. Allí se derrumbó en un sillón.

La visión de Reseda le obsesionaba. Las teclas del videófono se habían quedado fijas en el número del estratobús. Maquinalmente, Ciclamen puso el contacto. Asombrado, Ciclamen vio que se encendía la lámpara verde: el circuito estaba abierto. Sin embargo, la pantalla quedaba opaca, lo que era anormal.

—¡Reseda!, aulló como un demente. Eres tú, ¿no es cierto? ¿Por qué no funciona tu cámara? ¡Habla, te lo suplico!

Al otro lado le contestó un confuso murmullo. Había allí varias personas que hablaban al mismo tiempo, muy de prisa, y... que se expresaban en una algarabía incomprensible.

—¿Quién habla? ¿El piloto? Os entiendo muy mal... ¿Quién hay con vosotros? ¿Eres tú, Reseda?

Hubo un momento de silencio. Luego, exclamaciones, y

una discusión bastante viva. Sin duda alguna, si Ciclamen no podía ver a sus interlocutores, ellos debían estar observándole. Por otra parte, Ciclamen, entrenado en las lenguas antiguas, reconocía la urdimbre del lenguaje, los períodos oratorios... Sí, se trataba de frases con sentido.

«La fiebre me hace delirar, pensó. He leído demasiados libros estos últimos días. Nadie, hoy, puede expresarse así».

Ciclamen puso más atención.

—Esto no es francés ni inglés...

De pronto surgió una idea en su mente nublada: enganchó el casetrífono-registrador.

Esta vez, del murmullo colectivo y confuso que llegaba hasta él, percibió algunas palabras claras y bien articuladas. Intentó transcribirlas fonéticamente. Esto le daba: ***Na-Zes-Taé, Tsit-Tsi-Tas.***

La emisión se interrumpió bruscamente, como si sus interlocutores hubieran cortado involuntariamente el contacto.

Las manos de Ciclamen temblaban de emoción. Volvió a escuchar el diálogo de sordos que había grabado. Sus preocupaciones respecto a la gripe se desvanecieron sólo de pensar que había estado a dos pasos de ponerse en contacto con su hija.

—Pero entonces..., ¿existirían otros seres en el mundo exterior, allí donde ha debido de aterrizar el estratobús? ¿Y Reseda? ¿Qué ha sido de ella?

Sus manos apretaron sus sienes.

Ciclamen llevó más lejos sus suposiciones y dijo como en un suspiro:

—¡Está enferma! ¡Herida! O en peligro... Sea lo que sea, tengo que traducir a toda costa las palabras que he grabado.

Ciclamen tropezó en seguida con un problema insoluble: la lengua que había oído era muy diferente de las que él conocía.

Murmuró entre dientes:

—Tengo que conseguirlo...

Al caer en la cuenta, se dio un golpe en la frente:

—¡Naturalmente!, gritó. ¡El ordenador del departamento de historia de la Universidad! Este mismo ordenador al que envío desde siempre las raíces de las lenguas antiguas que descubro a medida que llevo a cabo mis investigaciones.

Ciclamen obtuvo en seguida la línea directa:

—Ordenador Memoria Universal en línea... Exponga su pregunta con claridad.

Ciclamen se recogió un momento y se aclaró la voz.

—Traducción de las palabras *Na-Zes-Taé, Tsit-Tsi-Tas.*

Una nueva idea germinó en su mente. Añadió:

—Lengua de origen desconocido, pero que probablemente pertenece a los antiguos pueblos del Continente 4.

—Gracias por esa precisión, contestó Memoria Universal.

Se oyó un débil zumbido, y el ordenador continuó:

—¿Puede situar el siglo aproximadamente?

—Puede ser del período prepolución.

—Gracias por esta aclaración, contestaron otra vez los circuitos de Memoria Universal. Ganaremos cuarenta y tres segundos y un tercio. Le conecto directamente con la banda memoria de esa época.

Una voz femenina le reveló:

—Memoria Lenguas Antiguas P. P. P. Las palabras *Na-Zes-Taé, Tsit-Tsi-Tas* figuran en una obra del siglo XIX. Título: ***Estudio filológico de las lenguas salvajes de América***. Autor: ***Padre Duchaussoy***. ¿Desea usted la traducción de toda la obra?

—No. Unicamente la frase citada, exclamó Ciclamen, latiéndole fuerte el corazón.

De nuevo hubo un ligero zumbido:

—*Na-Zes-Taé, Tsit-Tsi-Tas,* traducción literal en lenguaje universal: «Yo soy un ser humano». Hay que precisar que los Indios Cheyenes se llamaban a sí mismos con este apelativo... Gracias por su atención.

10. La gran choza

Los Bravos hacían corro alrededor de la forma inanimada. Noche-Negra, que acababa de llegar en compañía de Guardián-del Pasado, se inclinó hacia aquel ser. Lleno de interés, lo tocó con el dedo y dijo dirigiéndose a su compañero:

—¡Qué piel tan rara!... No se parece a la nuestra: es azul.

El otro se inclinó, pellizcó la piel entre el índice y el pulgar, tiró de ella delicadamente y declaró con autoridad:

—Esto no parece que sea una piel, sino un vestido.

—Un vestido... ¿Estás seguro?, preguntó Voz-de-Trueno. Esto no tiene la apariencia de una tela, ni de una piel de animal.

—Es verdad lo que dices, siguió diciendo Guardián-del-Pasado. Esto es una materia rara que nosotros no conocemos.

Piernas-Largas se adelantó y señaló a la figura:

—Tambor-Misterioso dice que esto es un ser. ¿Qué piensas tú que sabes tantas cosas?

El Viejo Sabio reflexionó un instante, como ausente, y acabó por admitir:

—Sí... Esto ciertamente es un ser. Pero, ¿qué clase de ser?

Esta observación llenó el ánimo de todos de turbación. Voz-de-Trueno intervino:

—Desde que te oigo contar cosas, Guardián-del-Pasado, nunca te he oído hacer alusión a un ser, y hoy dejas entrever que hay varios en nuestro mundo.

Noche-Negra impidió que Guardián-del-Pasado se enredara en una explicación confusa. Señalando el cuerpo inmóvil, hizo esta observación:

—De todos modos, este ser sangra en abundancia. Mirad esta herida abierta encima de su codo. Cielo-Blanco, tráeme hojas y tiras de cuero.

Y, dándose cuenta de la figura que colgaba por el boquete del aparato, dijo:

—Bosque-Seco y Sin-Huella, encargaos del ser muerto. Levantadle un catafalco separado de los nuestros. No conviene molestar el sueño de nuestros desaparecidos.

Los jóvenes Bravos, admirados de la ciencia de Noche-Negra, vieron cómo colocaba el húmero en su sitio. De la boca del ser salió un quejido. Abrió los ojos, miró al brujo que manipulaba en su brazo, quiso enderezarse, dio un grito y cayó sin sentido.

Una vez que le puso el emplasto, Noche-Negra mandó que llevaran al ser a su choza. Los Bravos lo llevaron con mil precauciones.

Por fin, el ser fue aposentado en la cabaña de Onda-del-Río, la viuda de Sombra-Transparente. Su choza estaba mucho menos atestada que la del brujo. Alba-Naciente ofreció su ayuda.

Por su cuenta, Piernas-Largas reunió a seis Bravos y decidió volver a ver al Pájaro de Plata. Por el camino, preguntó a Noche-y-Día:

—¿Estás seguro de que se trata de un verdadero pájaro? En fin..., yo quiero decir un pájaro tal como nosotros lo entendemos.

Tres-Hojas, que tenía las mismas dudas que Piernas-Largas, aguardó interesado la respuesta:

—Bien... Es difícil decirlo. Es cierto que lo hemos visto volar, pero debemos admitir que no tiene plumas. Por otro lado, silba de un modo parecido al arrendajo, aunque mucho más fuerte...

Noche-y-Día se encogió de hombros y concluyó con su lógica particular:

—De todas formas, ¿qué otra cosa quieres que sea?

Tambor-Misterioso, que pasaba por ser un maestro en las definiciones simples, zanjó por todos:

—Si esto no es un pájaro propiamente dicho, es... otra cosa. ¿Qué piensas tú de eso, Piernas-Largas?

—Otra cosa. Pero ¿qué cosa?, preguntó Noche-y-Día.

—¡Bah!... Otra cosa propiamente dicha, sencillamente, precisó Tambor-Misterioso, convencido de haber resuelto el enigma.

Delante del pájaro, Sol-Rojo dudó y se envalentonó:

—¿Y si entramos a través de la herida?

—Eso es peligroso, dijo Tres-Hojas, a quien la propuesta no gustaba mucho.

—No es nada peligroso, decidió Manos-Cortas, porque Voz-de-Trueno ha dicho que el animal está muerto.

Piernas-Largas echó una ojeada a los caballos; ninguno parecía estar inquieto. Pacían la hierba tranquilamente.

—Yo entro, decidió.

Y, con los sentidos aguzados, se deslizó por el boquete. Uno a uno, pasaron los otros seis a continuación.

Piernas-Largas miró alrededor de sí y dijo a Noche-y-Día:

—Todo esto no se parece en nada al interior de un pájaro.

El Bravo asintió con la cabeza:

—Entonces es posible que Tambor-Misterioso tenga razón y que se trate de otra cosa.

Los jóvenes Bravos escudriñaban. Pero no estaban maravillados por lo que veían. Sólo un poco extrañados.

—Aquí no hay nada que ver, constató Sol-Rojo. El vientre de este pájaro está tan vacío que da compasión.

Piernas-Largas no le escuchaba: apoyó su mano en una pared.

—¡Pero... esto es hierro! ¡La materia con que nuestros antepasados hicieron la Caja!

Las manos de los Bravos tocaron el metal; luego, las retiraron corriendo como cuando uno se quema. El contacto con algo tan insólito desconcertaba a los jóvenes.

A Piernas-Largas le vinieron a la memoria las palabras

de Guardián-del-Pasado: esa materia casi sobrenatural que había contribuido al progreso de los antepasados y que había sido también causa de su decadencia...

«Todo esto es hierro, pensó. Por tanto no estamos en presencia de un pájaro...»

De repente, un ligero silbido atrajo la atención de los Bravos. Era un sonido dulce y melodioso, agradable al oído.

—La música sale de esta caja, anunció Noche-y-Día, al mismo tiempo que alargaba la mano para señalar el objeto.

Al momento la caja se iluminó y apareció el rostro de un hombre.

Los jóvenes Bravos experimentaron una gran turbación. En el rostro del hombre se reflejaba la bondad, y también otra cosa, algo indefinible. En las palabras que pronunciaba se descubría inquietud.

—¿Quién es este hombre?, preguntó Manos-Cortas fascinado. ¿Y por qué no habla como nosotros?

Y, estirando el cuello, gritó a la caja:

—¡Na-Zes-Taé, Tsit-Tsi-Tas!

Pero el hombre hizo como si no entendiera y siguió hablando y transmitiendo su emoción.

—¡Está sordo!, murmuró Piernas-Largas.

Lamentaba no poder entender a ese atractivo personaje. Con un gesto instintivo quiso tranquilizarlo; alargó la mano..., pero se apagó la luz y el hombre desapareció. Sus dedos no encontraron otra cosa que una superficie suave y flexible como la piel, fresca aún, de un alce.

—Ese hombre es un prisionero de la caja, rugió Sol-Rojo.

Dio un salto y, empuñando su hacha de guerra, golpeó..., golpeó...

Manos-Cortas introdujo sus manos por la hendidura abierta, pero no encontró más que un manojo de hilos y algunos objetos que no conocía. Decepcionado, volvió los ojos interrogantes hacia Piernas-Largas.

—Creo, Manos-Cortas, que no hay ningún hombre dentro de esta caja. No hemos visto más que una imagen. Mira, es como la que vemos cuando nos asomamos a un charco de agua.

—Entonces, si era una imagen..., hizo notar Sin-Huella, es que un hombre puesto detrás de nosotros se reflejaba en la materia suave que Sol-Rojo ha destrozado.

—Y si nosotros no hemos visto a ese hombre, completó Tambor-Misterioso, es que él había tomado la apariencia de un espíritu.

Sólo de pensar en la idea de que el espíritu les podía estar rozando todavía, Sin-Huella salió al aire libre. Los demás le imitaron sin vacilar.

Al llegar al río, los Bravos oyeron hablar al tambor. Noche-y-Día descifró el mensaje. Decía:

«El ser se ha despertado... El ser habla... El ser se ha despertado... El ser habla.»

Espoleando a los caballos con la voz, la pequeña tropa se lanzó hacia el poblado. Piernas-Largas quiso entrar en la choza, pero Onda-del-Río le cerró el paso:

—Deja tus armas, Piernas-Largas. Cualquier cosa le asusta.

El Bravo cumplio la orden.

—¿Está herido el ser?, preguntó. ¿Ha venido a curarlo Noche-Negra?

La cara de Onda-del-Río mostró extrañeza:

—¿Por qué dices *lo*? ¿No sabes que lo que habéis descubierto al lado del pájaro es una mujer?

—¿Una mujer?, preguntó el joven con asombro. No es posible. No se parece a las mujeres de los Seres-Humanos. Sus cabellos tienen el color de las hojas secas, y su rostro es muy pálido.

—Y sin embargo es una mujer, replicó Onda-del-Río. Pero pertenece a otra raza. Eso, al menos, es lo que dice Noche-Negra. Todos la llaman aquí ya «La-que-viene-de-Otro-Lugar».

Cada vez más extrañado, Piernas-Largas preguntó:

—¿Puedo verla?

Onda-del-Río se echó a un lado con una sonrisa.

La-que-viene-de-Otro-Lugar estaba sentada en un rincón de la cabaña. Su rostro manifestaba calma, pero sus ojos traicionaban su ansiedad. Por los múltiples desgarrones del vestido azul que cubría su cuerpo, el joven vio que, en efecto, tenía la piel muy blanca. El le sonrió y se sentó a su lado. La veía crispada.

Molesto por los dos ojos negros que lo miraban con detalle de la cabeza a los pies, el Bravo se levantó y dio unos pasos sin ir a ningún lado. Piernas-Largas observó a hurtadillas a la mujer blanca. Se dio cuenta de que ella aspiraba el aire continuamente, como Gran-Caballo cuando intentaba localizar un olor.

Luego, al ver que había cerrado los párpados, el Bravo volvió a sentarse frente a ella:

—Mi nombre es Piernas-Largas, le anunció triunfalmente. Tú estás aquí en casa de los Seres-Humanos y no tienes nada que temer. Dime, ¿de dónde eres? ¿Quién eres? No tengas miedo: soy un amigo.

La-que-viene-de-Otro-Lugar frunció el ceño y de sus labios salieron palabras incomprensibles. A Piernas-Largas le gustó el tono agradable de sus palabras. Pero, ¡ay!, aquellos sonidos melodiosos no le decían nada.

La voz de Alba-Naciente resonó a su espalda:

—Es inútil intentar entenderla, Piernas-Largas. Guardián-del-Pasado ha dicho hace un momento que los Seres-de-Otro-Lugar no hablaban como nosotros.

Las ideas se atropellaban en la cabeza del joven Bravo.

—¿Los Seres-de-Otro-Lugar? Pero entonces eso es verdad, Alba-Naciente. Esta mujer es la prueba viva de que hay otros hombres en la tierra. ¿Se habrían engañado los Viejos Sabios al afirmar que nosotros éramos los únicos?

Alba-Naciente se arrodilló al lado de La-que-viene-de-Otro-Lugar. Le tendió una escudilla, mientras Piernas-Largas continuaba:

—Acuérdate de aquel Consejo en que Noche-y-Día nos contó su famoso sueño. Dijo que llegarían hombres en un pájaro de plata y que traerían la felicidad a los Seres-Humanos. ¿Será un adivino Noche-y-Día?

—¡No, en absoluto!, sentenció Alba-Naciente. Noche-y-Día habló aquella tarde de hombres y ésta es una mujer.

Todo daba vueltas en la cabeza de Piernas-Largas. Se dio cuenta de que los ojos de La-que-viene-de-Otro-Lugar iban de uno a otro con la esperanza de comprender el sentido de la conversación que se desarrollaba ante ella.

Piernas-Largas leyó el desaliento en sus ojos negros.

—Tenemos que demostrarle que la queremos, sugirió.

En señal de simpatía, le tendió la mano. Pero el brazo sano de la muchacha se retiró en seguida. Apareció el temor en su rostro. Alba-Naciente tomó con dulzura los dedos de La-que-viene-de-Otro-Lugar, los apretó con afecto y, señalando al joven, dijo:

—Piernas-Largas.

Luego, poniéndose la mano en el pecho, anunció:

—Alba-Naciente.

Un rayo de comprensión iluminó los ojos de La-que-viene-de-Otro-Lugar. Ella, por su parte, se señaló a sí misma y pronunció con claridad:

—Re-se-da.

Los dos Seres-Humanos repitieron:

—Re-se-da... Re-se-da.

Una gran sonrisa surcó el rostro del Bravo. Alba-Naciente lo imitó y Reseda se sintió relajada.

El día siguiente fue decretado *Día Excepcional*. La tribu se reunió delante del Monolito-de-las-Grandes-Cosas y Piernas-Largas fue el encargado de ir a buscar a La-que-viene-de-Otro-Lugar.

El Bravo entró en la choza e hizo comprender a Reseda que tenía que seguirlo. Ella se levantó y el joven se dio cuenta de que era tan alta como él.

Fuera, Reseda entornó los ojos y quedó pasmada ante los animales que deambulaban por el poblado. Parecía asombrada y hasta un poco asustada. Su mirada se dulcificó solamente al ver los caballos...

En la gran plaza, Guardián-del-Pasado contempló durante largo rato a la muchacha; luego empezó a presentar a los Sabios, llamándolos por sus nombres.

La joven inclinó la cabeza ante cada uno de ellos, y, poniéndose la mano en el pecho, repitió:

—Reseda.

—Esta palabra que desconocemos es sin duda el nombre que tiene entre los suyos, aseguró Noche-Negra. Indudablemente es preferible llamarla así. El que le hemos dado nosotros quizá no le guste.

Los Viejos Sabios asintieron al unísono con la cabeza para demostrar que compartían por completo el punto de vista del brujo.

Entonces, Guardián-del-Pasado cogió una piedra blanca. Dibujó sobre ella el contorno del poblado de los Seres-Humanos. Trazó también el río que lo dividía por medio. Con un gesto amplio, le mostró a qué correspondía su dibujo y alargó la piedra a Reseda.

Esta comprendió en seguida lo que le pedían. Con unos trazos dibujó una choza grande y el Pájaro de Plata. Y unió la choza con el poblado de los Seres-Humanos.

Con una mímica adecuada, los Sabios le hicieron saber que la comprendían. Animada, la muchacha trazó el curso del sol y mostró, hacia el este, la gran choza.

Voz-de-Trueno tomó la palabra:

—Reseda acaba de explicarnos que ella habita al este de nuestro poblado, en una gran choza cuyo techo es redondo.

Los Sabios asintieron otra vez con la cabeza, y cada uno entabló una larga conversación con su vecino. Piernas-Largas no podía apartar la mirada de aquella mujer que venía de otro mundo. Ese otro mundo, él intentaba imaginárselo, observándola.

Todo lo que Reseda llevaba encima era nuevo para Piernas-Largas. El intentaba adivinar sus pensamientos a través de sus gestos... Con un amplio movimiento de brazos, ella abarcaba a la tribu reunida en la gran plaza y señalaba incansablemente al este. Parecía invitar a los Seres-Humanos a que fueran a su gran choza redonda.

Sí, eso era: Reseda invitaba a la tribu a que fuera con los suyos.

Noche-y-Día alimentaba otros pensamientos. Penetró dentro del corro y se enfrentó con Guardián-del-Pasado:

—Siempre nos has dicho que los Seres-Humanos eran los únicos hombres que había en la tierra. Y ahora, he aquí que un Pájaro de Plata viene y vuela sobre nosotros; y de él sale una mujer para enseñarnos que su pueblo vive al este de nuestro país. ¿No se tratará de esos hombres blancos de los que tú nos has hablado? Cuando miro a Reseda, todo me lleva a creerlo... Sin querer ofenderte, Guardián-del-Pasado, pienso que te equivocaste al asegurarnos que estos hombres de rostro pálido habían dejado la tierra hace mucho tiempo.

—En absoluto, se rebeló el Viejo Sabio que se sentía atacado en sus funciones. Desaparecieron hace tiempo, y no se les volvió a ver más. Tu lengua pica como una culebra, Noche-y-Día... ¿Pero quieres decirme cómo podía saber yo que iban a volver? A Noche-Negra le tocaba decirlo por medio de sus humaredas.

Atacado a su vez, el brujo replicó con amargura:

—¿Para que serviría hacer hablar a las pipas puesto que los jóvenes Bravos ya no saben escuchar a los Viejos Sabios?

Esta réplica desconcertó a Noche-y-Día, que tosió para ganar el tiempo suficiente de ordenar sus ideas. Piernas-Largas se aprovechó del silencio que siguió para intervenir en la conversación:

—Es inútil que nos estemos lanzando puyas. Reseda nos pide que la llevemos a su pueblo. Lo importante es saber si la tribu acepta marchar en dirección este hasta la Gran Choza de techo redondo.

—¿Qué?, se sobresaltó Voz-de-Trueno. ¿Sugieres que vayamos allí todos?

—Por supuesto, explicó Piernas-Largas. Si emprenden los Bravos solos una expedición de tal envergadura, las mujeres, los chiquillos y los viejos, que no pueden cazar, se morirían de hambre en su ausencia. O toda la tribu va, o nosotros nos quedamos aquí.

Piernas-Largas levantó los brazos para calmar los gruñidos que salían ya de las gargantas.

—Por mi parte, pienso que es Wa-Kan-Da quien nos ha enviado ese Pájaro de Plata, y creo que debemos marchar hacia el este.

El joven Bravo dejó que sus palabras surtieran efecto. Después reclamó silencio y continuó:

—La dicha de los Seres-Humanos quizá se encuentra al final de este camino. ¿Están los Seres-Humanos tan poseídos de sí mismos como para pensar que no tienen nada que aprender de un pueblo que es capaz de construir un pájaro de hierro?

Corazón-de-Sauce se acercó, puso la mano en el hombro del joven Bravo y dijo muy alto para que todos lo oyeran:

—Piernas-Largas, hoy ese pájaro está muerto; y si la sabiduría no anida en el corazón de los hombres que lo han construido, ya no queda nada.

Estas palabras, llenas de clarividencia, provocaron una emoción tan grande que se tomó la decisión de que los Seres-Humanos reflexionaran durante dos soles antes de dar a conocer lo que querían.

¡Dos días! Demasiado tiempo para un Bravo que ardía de impaciencia. Piernas-Largas ocupó todo ese tiempo en enseñar a Reseda los animales del poblado. Ella consiguió pronunciar, no sin dificultad, *conejo, canario, perro*, pero no logró pronunciar *ardilla*. El joven pensó que aquella mujer se comportaba de un modo curioso: olfateaba a los animales a los que se acercaba como para impregnarse mejor de su olor.

La mañana del segundo día, Piernas-Largas logró convencer a Guardián-del-Pasado de que pusiera a la muchacha en presencia de la Caja.

En la Choza-de-la-Medicina acecharon sus reacciones, pero quedaron decepcionados: ella examinó las piedras con interés y miró la Caja sin detenerse en ella. Era evidente que Reseda no conocía aquel objeto sagrado.

Por el contrario, Piernas-Largas se dio cuenta muy pronto del interés que la muchacha mostraba por los caballos. Gran-Caballo la fascinaba totalmente. Cuando le dijo que montara en él, la chica experimentó una alegría tan intensa que se quedó admirado. Pensó que el pueblo de Reseda tendría muchos animales de aquella clase: parecía como si ella encontrara en Gran-Caballo un amigo perdido.

Alba-Naciente notó en seguida que Piernas-Largas la abandonaba por la recién llegada. Experimentó una gran pena, pero la disimuló bajo un rostro impasible.

Después, la segunda tarde, los tambores llamaron a Consejo a los Seres-Humanos. Durante dos días y una noche los Viejos Sabios defendieron sus convicciones y los jóvenes Bravos sus esperanzas. Finalmente, los viejos tuvieron que ceder: desde hacía poco, los jóvenes habían descubierto el bosque y querían ir aún más allá.

Se tomó la decisión de que la tribu partiría hacia el este.

Piernas-Largas explicó a Reseda por señas esta decisión y, ante la mirada triste de Alba-Naciente, rieron juntos, como niños locos de alegría.

Ante la perspectiva del gran viaje, los cazadores redoblaron sus esfuerzos para acumular víveres. Las mujeres reunieron pieles e hicieron tiendas que serían útiles para el descanso en las paradas. Los Bravos revisaron sus armas e inventaron otras nuevas. Noche-y-Día había dicho a los jóvenes:

—No nos engañemos: nosotros no conocemos más que una parte de los animales que hay en la tierra. Algunos que no hemos visto nunca atacan al hombre y tenemos que estar preparados para defendernos.

Guardián-del-Pasado hizo enterrar en el fondo de un gran hoyo todas las piedras de la Choza-de-la-Medicina. Construyó él mismo una especie de angarillas. Encima, sujetó fuertemente el bien más preciado de la tribu: la Caja.

Para los Seres-Humanos era inconcebible dejar su tierra y no llevar consigo la «Supervivencia del Pasado».

Por fin, Voz-de-Trueno mandó quemar todas las chozas. Cuando Tambor-Misterioso acercó una tea a la cabaña de Corazón-de-Sauce, éste lo retuvo con un gesto:

—Perdónala, Tambor-Misterioso, porque tengo intención de habitarla todavía algún tiempo.

—Pero... ¡nos marchamos dentro de un instante!, se extrañó el Bravo.

—Yo no, explicó Corazón-de-Sauce. He visto caer demasiadas nieves en este lugar para decidirme a dejarlo así de pronto. Hoy mi alma está clavada en las vigas de esta vieja choza.

El Sabio encendió la pipa y se sumergió en sus reflexiones.

Los Seres-Humanos formaron un corro a su alrededor.

—Vamos, levántate, Corazón-de-Sauce, le intimó Guardián-del-Pasado. No podemos abandonarte aquí: te morirías de hambre.

El viejo levantó unos ojos llenos de melancolía:

—Oh, tú sabes, Guardián-del-Pasado, que no me quedaré solo mucho tiempo. Cuando os hayáis marchado llamaré a Wa-Kan-Da y me iré con él. Dejadme algunos nabos y un poco de leña seca para el caso de que el Ser Eterno tarde en venir a buscarme. Esto bastará...

Al leer en la cara de su viejo amigo que no aprobaba su resolución, añadió:

—Además, mis piernas están tan cansadas que no quieren llevarme hasta donde queréis ir...

Noche-Negra apretó los puños y tronó:

—No seas terco, Corazón-de-Sauce. Vamos a construir otras angarillas y te colocaremos encima, como a la Caja.

—No, no, cortó el Viejo Sabio. Yo haría retrasar la marcha y no quiero ser una carga para los míos. Marcha sin mí, Noche-Negra. No retrases ya más tiempo las piernas jóvenes que anhelan llegar a esa choza maravillosa de techo redondo que ha construido otro pueblo al este de la tierra...

Cuando acabó de decir esto, Corazón-de-Sauce bajó los párpados y se encerró en un absoluto mutismo.

—Dejemos a este Sabio, decidió Voz-de-Trueno. Está ya muerto.

Por la rendija de sus ojos, Corazón-de-Sauce le echó una mirada de agradecimiento.

Los Bravos se dividieron en dos grupos y en medio de ellos colocaron a las mujeres, los chiquillos, los viejos y los caballos muy cargados. Piernas-Largas formó la vanguardia con otros seis Bravos que había elegido por su gran valentía. Voz-de-Trueno cerraba la marcha con el resto de los cazadores. En el centro del convoy, Cielo-Blanco y Doble-Luna llevaban la Caja, custodiándola celosamente.

Sin-Huella marchaba en la cola de la columna.

Cuando los últimos Seres-Humanos penetraban en el bosque, no pudo menos de volverse. En medio de las chozas que acababan de consumirse vio a Corazón-de-Sauce sentado. El viejo no se había movido. Traídos por el viento y la humareda, llegaron a los oídos de Sin-Huella fragmentos de un canto lúgubre y monótono: el Viejo Sabio entonaba su canto de muerte.

Aquel primer día fue un infierno: la columna se estiraba constantemente y Voz-de-Trueno se veía obligado a empujar delante de sí a los rezagados. Los Seres-Humanos no tenían la costumbre de caminar largo rato en línea recta. Los viejos y las mujeres, sobre todo, retrasaban el convoy.

Al detenerse, todos se dejaron caer rendidos y destrozados. Noche-Negra tuvo que curar a los heridos: una mujer se había abierto una brecha en la rodilla contra una roca y tres Sabios habían caído en un barranco. Noche-y-Día tuvo que explicarles cómo había que caminar bajo los grandes árboles.

En este lugar, el bosque era demasiado espeso como para poder plantar las tiendas y los Seres-Humanos se durmieron mirando a las estrellas. Alba-Naciente vino a tumbarse al lado de Piernas-Largas. El no le hizo prácticamente caso. Con grandes gestos intentaba hacerse comprender por Reseda.

Alba-Naciente se envolvió en una piel de ciervo y lloró en silencio.

Al amanecer del tercer día, el bosque se esclareció y apareció una gran llanura ante los Bravos. Oyeron cómo huía la caza por entre las hierbas altas sin que pudieran verla. Luego, desde la cima de una colina, descubrieron un río grande [1]. En ese momento Viento-Frío dio un grito; se retorcía de dolor en el suelo sujetándose un pie. De su talón salían dos gotas de sangre.

—Eso no es nada, dijo el brujo. Se ha arañado en las espinas.

Pero el pie de Viento-Frío se puso totalmente negro. Unos instantes después, el Bravo murió.

Este fallecimiento extraño y repentino intranquilizó muchísimo a los hombres. Algunos hablaron de dar marcha atrás; toda la tribu estuvo a punto de caer en el pánico. Voz-de-Trueno pensó que debía dar un golpe de efecto: trató a las mujeres de insectos y a los hombres de mujeres; y todos contuvieron sus aprensiones.

En presencia del gran río, Reseda se quedó maravillada, pero Piernas-Largas se mostró perplejo. Su mirada se paseó por las aguas borboteantes que subían rugiendo al asalto de las rocas.

—Nuestra ruta se detiene aquí, decretó el brujo. Nunca conseguiremos atravesar este río alocado.

—¡Hay que pasarlo!, aulló Piernas-Largas. Si tienes miedo de mojar tus zapatos, Noche-Negra, átatelos al cuello.

Estallaron las risas y se distendió el ambiente. Sin-Huella abombó el pecho y decidió:

—Está claro que este río grita fuerte, pero no parece que sea malo. Sin-Huella va a enseñar el camino a los Seres-Humanos.

---

[1] El Misuri.

Antes de que Piernas-Largas tuviera tiempo de hacer ningún movimiento, el Bravo corrió hasta la orilla, saltó de roca en roca... Volaba como un pájaro. Pero ¡ay!, su pie resbaló; Reseda lanzó un grito y Sin-Huella se hundió en el agua espumante. Su cuerpo reapareció un poco más lejos, roto, dislocado, inerte y fofo. Y enfiló los rápidos hacia el Hermoso País-de-las-Cacerías-Eternas...

Voz-de-Trueno mandó hacer una pausa. Los Sabios sugirieron la idea de remontar el río con la esperanza de encontrar un paso más fácil. Los exploradores de Piernas-Largas no encontraron un vado hasta la tarde. Allí, sobre un lecho arenoso, las aguas fluían con placidez. Murmuraban con el mismo tono monótono con el que lo hacía Corazón-de-Sauce en medio de las chozas calcinadas.

—Sin-Huella debe estar muy orgulloso. Ha muerto demostrando su gran valor, sentenció Guardián-del-Pasado, cuando llegó por último a la otra orilla.

Pero nadie le escuchaba ya: los Seres-Humanos, vencidos por la fatiga, dormían en el lugar en que habían caído.

Ni siquiera encendieron las hogueras.

Por la mañana, la mirada de Piernas-Largas se cruzó con la de Alba-Naciente:

—Cada paso que damos nos acerca al fin, dijo alegremente.

La muchacha no contestó. Echó una mirada a Reseda. Ahora sabía que, una vez que llegaran a la Gran-Choza redonda, tendría que decir adiós a Piernas-Largas.

La tribu reemprendió la marcha. Caminó a buen ritmo durante dos soles y se encontró de nuevo con un gran río, mucho mayor que el primero [1]. Aunque éste fluía regularmente sin tropiezos.

Al ver que flotaban troncos cerca de la orilla, Guardián-del-Pasado ordenó sus ideas:

—Recuerdo haber oído decir a mi padre que los antepasados empleaban un procedimiento ingenioso para atravesar las aguas tranquilas: ataban varios troncos de árboles unos

[1] El Misisipí.

a otros y los llamaban, según creo, ***balsas***. Las movían con largas pértigas. Esos árboles que hay ahí abajo arrancados me lo han recordado...

Los Bravos pusieron en seguida manos a la obra; juntaron troncos de madera, atándolos con tiras de cuero. En un momento dado Manos-Cortas descubrió una cosa asombrosa.

—¡Mirad! Los caballos..., nadan.

—Era verdad. Después de beber agua, los caballos tomaban un baño y nadaban golpeando el agua vigorosamente. Fue entonces cuando a Piernas-Largas se le ocurrió una idea:

—No habrá que montar a los animales en la barcaza. Los sujetaremos de los ronzales y nadarán alrededor de la embarcación.

Voz-de-Trueno se sintió aliviado: no veía con buenos ojos que viajaran juntos los hombres y los grandes animales en la misma embarcación. Temía un accidente.

Una vez terminada la balsa, las mujeres recogieron los sacos y se colocaron encima junto con los niños. También los viejos subieron a los troncos, pero cuando los Bravos quisieron hacer lo mismo, se hundieron bajo las aguas.

Voz-de-Trueno tomó una decisión:

—Vamos a dejar colgando desde la balsa algunas cuerdas. Los Bravos se quedarán en el agua y se agarrarán a ellas. También sujetaremos los ronzales de los caballos.

Así lo hicieron. Valiéndose de las estacas de las tiendas, los Sabios empujaron el esquife hacia el centro del río.

La orilla opuesta se acercaba lentamente. Bruscamente, un caballo tiró muy fuerte del ronzal; la balsa se inclinó peligrosamente. Onda-del-Río y Alba-Naciente perdieron el equilibrio. Una mano agarró con firmeza el brazo de la última, mientras que Onda-del-Río desaparecía bajo las aguas. En sus brazos llevaba a Brizna-de-Hierba, el bebé de Sonrisa-Tímida. Los Bravos no pudieron hacer nada para salvarlos...

Alba-Naciente vio los ojos de Piernas-Largas clavados en ella; era la mano de Reseda la que sujetaba su brazo; lo apretaba tan fuerte que las uñas se le clavaban en la piel. Alba-Naciente gritó a Piernas-Largas como un desafío:

—Explícale a esta mujer blanca que le debo la vida, tú que sabes hacerte entender tan bien por ella.

Un quejido llegó hasta ellos desde el otro lado de la balsa: el pie de Guardián-del-Pasado se había deslizado entre dos troncos; su pierna estaba rota.

Una vez que llegaron a tierra firme, Manos-Cortas se abrazó a Sonrisa-Tímida y le acarició los hombros. Así, en pie, sin intercambiar una palabra, lloraron la muerte de su hijo.

Noche-Negra examinó la pierna del Viejo-Sabio; hizo un mohín y le explicó sin miramientos:

—Perdona mi franqueza, Guardián-del-Pasado, pero tengo que decirte que vas a morir.

—¿Por tan poca cosa?, preguntó el otro sin alterarse.

—Mira, prosiguió el brujo. El hueso se te sale por la piel desgarrada. Dentro de dos soles, la herida se pondrá azul y los gusanos se meterán por ella. Nada puedo hacer por ti, Guardián-del-Pasado. Mis mejores medicinas se las ha llevado el agua junto con Onda-del-Río y Brizna-de-Hierba.

—Ya lo sé, ya lo sé..., dijo el Viejo Sabio. Mi camino se termina aquí y está bien.

Sus ojos se empañaron y añadió:

—¿Por qué iba a querer yo ir más lejos, cuando ninguno de los Seres-Humanos tiene ya en cuenta la Tradición?

Con todo, Noche-Negra le puso una tablilla.

—Así sufrirás menos.

Guardián-del-Pasado le dio las gracias con un guiño de ojos. Luego dijo que quería que lo dejaran a la orilla del río.

Al día siguiente, antes de emprender la marcha, Piernas-Largas fue a ver al Viejo Sabio:

—Guardián-del-Pasado, te vas a quedar aquí, pero no estés triste; nosotros te llevamos en nuestro pensamiento. Toma mi pipa y mi tabaco. Haz mucho humo, Guardián-del-Pasado; él transportará tu espíritu hacia el Ser Eterno.

—Acércate, Piernas-Largas, dijo el anciano cogiendo los regalos. Quiero confiarte una cosa...

Echó una mirada recelosa a su alrededor y musitó:

—Es referente a la Caja... En realidad, la «Supervivencia del Pasado» no es un solo bloque macizo: está hueca, pero hasta ahora no se lo he dicho a nadie. La Caja contiene una preciosa medicina, cuyo secreto ignoro. Descúbrelo, Piernas-Largas, y salvarás a los Seres-Humanos de las enfermedades más terribles... La Tradición menciona este descubrimiento.

El joven quiso decir algo, pero el Viejo Sabio puso su delgado dedo en los labios:

—No digas nada, Piernas-Largas. Mi corazón me ha hablado de los sentimientos que te animan y sé que deseas la dicha de los Seres-Humanos. Ahora, márchate; he dicho las últimas palabras de mi vida...

El Bravo se unió a la columna que se ponía en movimiento.

Todo el día Piernas-Largas, ensimismado, marchó en retaguardia. Dio vueltas en su cabeza una y otra vez a las palabras de Guardián-del-Pasado. ¿Cuál sería esa poderosa medicina que encerraba la Caja?

Por la tarde se oyó un grito que venía de la vanguardia del convoy. Piernas-Largas se lanzó hacia allí. Lo que vio lo dejó desolado: el pobre cuerpo de Alba-Naciente yacía desgarrado en el suelo. A su lado agonizaba una pantera con una lanza clavada en el cuello.

Enloquecido de dolor, el Bravo rugió y, de un solo hachazo, aplastó el cráneo de la fiera.

Alba-Naciente entreabrió los ojos, levantó una mano y atrajo al Bravo hacia sí. Su cara, deformada por el dolor, se relajó al decir con un murmullo:

—Piernas-Largas, quedas libre de pensamiento y de corazón. Allá, al este, en la choza de techo redondo, podrás obrar a tu gusto, como mejor te parezca...

Los ojos de la joven se nublaron y expiró.

Sol-Rojo tiró del brazo al Bravo:

—La pantera atacó a Reseda y Alba-Naciente se interpuso. Es extraño, añadió el cazador, pero me ha dado la impresión de que ese gesto le causaba placer. ¿Sabes, Piernas-Largas? Alba-Naciente se puso delante de la fiera con la sonrisa en los labios...

El joven no contestó. Cogió cuatro estacas de su tienda y él mismo levantó el catafalco para aquella que había crecido con él en el seno de la tribu.

Piernas-Largas observaba a Reseda. Veía que ella se daba cuenta de los sacrificios que se imponían los Seres-Humanos para ayudarla a volver con su gente. El aspecto de la muchacha blanca se volvía cada vez más grave a medida que el convoy avanzaba.

Cuando una tarde murieron dos mujeres de agotamiento y, a la mañana siguiente, dos viejos no despertaron, Piernas-Largas vio correr las lágrimas por sus mejillas. Manos-Cortas y Sonrisa-Tímida ocultaban su pena delante de la extranjera; no querían que ella se creyera responsable de la pérdida de Brizna-de-Hierba.

Al final de una jornada agotadora, la caravana llegó a un hermoso valle, surcado por un riachuelo. Piernas-Largas se dio cuenta de que se parecía mucho al que habían abandonado. En este lugar encantador, Voz-de-Trueno decidió asentar el campamento al pie de una colina que tapaba el horizonte. Encendieron los fuegos y levantaron las tiendas. Las provisiones tocaban a su fin; la fatiga acumulada había gastado las fuerzas y el grupo tenía mucha necesidad de reposo.

A los Bravos les era muy difícil cazar durante la marcha. Noche-y-Día había hecho notar:

—Es curioso... Cuanto más avanzamos hacia el este, más escasea la caza. ¿Nos estaremos acercando al fin del mundo, donde no hay vida?

Se repartió el alimento que quedaba y Voz-de-Trueno apostó centinelas para la noche. Todos se encerraron en sus tiendas antes del crepúsculo.

Piernas-Largas no podía dormir. Intentaba comprender el sacrificio de Alba-Naciente. Arañaron a la entrada de su tienda; oyó un suave relincho. El Bravo se levantó. Ya era de noche y la luna alargaba las sombras en el suelo. Gran-Caballo empujó con el hocico a Piernas-Largas como para atraer su atención. El Bravo volvió la cabeza: a algunos pasos, Reseda miraba a la colina que tapaba el horizonte. La cima del montículo brillaba con un halo de luz irreal.

«La luna»..., pensó el Bravo.

Pero no: la luna brillaba tras él.

Impelido por una fuerza irresistible, Piernas-Largas saltó sobre el lomo de Gran-Caballo; al pasar levantó a Reseda del suelo, la puso en la grupa y se adentró en la noche...

El caballo no llevaba brida, pero Piernas-Largas no necesitó guiarlo: como impelido él también por una fuerza misteriosa, se dirigió por sí mismo hacia la colina inundada de luz.

Al término de una carrera loca, Gran-Caballo se detuvo en una cresta y el Bravo abrió unos ojos muy grandes...

Una intensa claridad irradiaba de una inmensa cúpula. Estaba lejos, pero era tan grande que Piernas-Largas pensó que la podía tocar con sus dedos. Sentía el pecho de Reseda apretado contra su espalda. El corazón de la joven latía tan fuerte como el suyo.

—Esta no es una choza corriente, balbuceó. Sin duda, cobija una gran población.

Y, dando gritos como un loco, lanzó a Gran-Caballo a todo galope en dirección a las tiendas de los Seres-Humanos.

11. El reencuentro

Los Seres-Humanos se agruparon en la cumbre de la pequeña colina. Miraban, aterrados, la gran bóveda que brillaba con mil fuegos.

Instintivamente, Reseda deslizó su mano entre las de Piernas-Largas, que la apretó muy fuerte. Se sentían unidos por el logro de sus deseos.

Para Piernas-Largas era inconcebible lo que había aparecido ante él: aquel era otro mundo. Las dimensiones de la Gran-Choza, la luz que se desprendía de ella, el amontonamiento extraño de bloques altos y rígidos cuya forma se adivinaba tras aquella pared translúcida, todo aquello lo aplastaba como si no fuera más que un insecto.

Y volvió los ojos hacia Reseda. Ella jadeaba, era evidente, pero parecía feliz.

Manos-Cortas murmuró con un hilo de voz:

—¿Crees tú, Piernas-Largas, que realmente viven hombres en esa... en fin, en esa choza?

—Eso parece, replicó el joven Bravo. De todos modos vamos a saberlo bien pronto...

Estas palabras, dichas en voz baja, sacaron a Voz-de-Trueno de su beatífica contemplación.

—Volvamos al campamento, decidió. Al salir el sol recorreremos el espacio que nos separa de esa... cosa.

—El jefe está muy excitado, susurró Doble-Luna al oído de Sol-Rojo.

Este no le contestó. Ahora que se erguía ante él la Gran-Choza, estaba petrificado de asombro, incapaz de proferir una palabra. Las mujeres, habitualmente tan charlatanas, se encerraron en sus pensamientos. Parecía que todos estaban pasmados ante aquella visión irreal.

En el campamento se formó espontáneamente un Consejo. Los hombres sentían la necesidad de apretarse unos contra otros, de comunicarse su calor. Pero no hubo ningún alboroto. Los Viejos Sabios estaban pensativos y los jóvenes Bravos manoseaban, unos un arma, otros un hierbajo, para disimular.

Sin hacer nada, indecisos, los Seres-Humanos estaban allí, movidos por sentimientos contradictorios: el temor y la curiosidad.

El jefe barrió las aprensiones:

—Veo que los jóvenes Bravos se han tragado la lengua y que los Sabios hablan ahora como peces. ¿No arde aquí ya nadie en deseos de ver de cerca esa Gran-Choza? ¿Tenéis repentinamente miedo a esos hombres que fabrican Pájaros de Plata?

—¡No..., no!, gruñeron con susceptibilidad los Bravos.

—Mañana marcharemos hacia la choza, exclamó Piernas-Largas.

Noche-Negra extendió los brazos ante sí:

—¿Es que no debemos reflexionar aún más tiempo? ¿O, por lo menos, preguntar otra vez a la Caja?

—La Caja se ha pronunciado de una vez para siempre en la Choza-de-la-Medicina, gritó Manos-Cortas. ¿Qué otra cosa esperas, viejo?

El brujo bajó la cabeza. Los Seres-Humanos sabían bien que sobraban las palabras. El Consejo se disolvió como había comenzado, espontáneamente.

Con los primeros rayos de sol, Gran-Caballo llegaba a lo alto de la colina. Los Bravos habían atado la Caja en su lomo. Se trataba de tener las manos libres ante cualquier eventualidad.

La Gran-Choza ya no estallaba de luz. Era transparente.

En el interior de su única pared, inmensa, se veía una extraña armazón.

—Vamos... Es el momento, decretó Voz-de-Trueno.

Y la pequeña tropa se puso en movimiento, llena de ansiedad pero decidida.

—Mira qué desolada es esta tierra, hizo notar Manos-Cortas a Piernas-Largas.

Efectivamente, alrededor de la Gran-Choza, hasta donde podían divisar los ojos, Piernas-Largas no descubría más que un suelo completamente desnudo, como quemado. Se diría que la bóveda había rechazado toda vegetación hasta el límite del bosque que se divisaba en el horizonte.

—Sí, es curioso, constató el Bravo.

Y fijó su atención en Reseda. Ella iba a la cabeza con paso decidido. Gran-Caballo la seguía tan de cerca que podía empujarle en la espalda con su gran hocico. Noche-Negra subrayó:

—Parece que Reseda y el caballo tienen prisa por enseñar la Caja a los habitantes de la Gran-Choza.

Esta reflexión extrañó a Piernas-Largas, por venir del brujo. Tambor-Misterioso caminaba con la cabeza baja, abrumado. Cielo-Blanco lo oyó refunfuñar:

—Entonces, si eso no es una choza normal, es... es...

Por primera vez, desde hacía mucho tiempo, Tambor-Misterioso no daba con la palabra justa para la comparación adecuada.

A veces relinchaban los caballos, desorientados por la falta total de vegetación. Aquella tierra árida no les gustaba.

Por fin, cuando el sol llegó a la mitad de su curso y los Seres-Humanos habían caminado mucho, el jefe detuvo el convoy. Voz-de-Trueno declaró que ya estaban muy cerca. Pero, en realidad, era otro el motivo que le había llevado a dar la orden de detenerse. Estaba confuso. El jefe se cogió el mentón con los dedos y dijo como para sí:

—Extraña choza... No tiene ninguna puerta.

En un arranque incontrolado, Reseda se lanzó de repente hacia la burbuja. Los Bravos, extrañados, no hicieron ningún gesto para retenerla.

Una vez que llegó ante la pared translúcida, puso sus manos sobre la pantalla invisible. Con unos ojos como platos, veía por fin la ciudad. Su ciudad. ¡Pero cuánto había cambiado!

No quedaba nada de la actividad intensa que ella había conocido: las calles estaban desiertas, las aceras móviles paradas. No evolucionaba ningún estratobús por encima de los grandes edificios sin vida.

La ciudad parecía muerta.

Poco a poco se insinuó en ella una pregunta angustiosa: ¿es que ya no habría nadie que la hiciera penetrar con los suyos?

Su ciudad se había convertido en un mundo inaccesible.

Rosal abrió la cerradura magnética de su célula de habitación y echó una mirada a su alrededor. Hasta donde alcanzaba su vista no se divisaba un solo ser vivo.

Se preguntó si valdría la pena cerrar la puerta tras de sí. Desde que había sentido los primeros síntomas del mal, sabía que él era el último superviviente de su bloque. Su caso no era aún urgente, pero Rosal no podía vivir solo: había decidido dirigirse a la casa del recuerdo más cercana. Sentía la necesidad del contacto con los hombres aunque no fueran más que moribundos.

A falta de acera móvil, Rosal tomó la avenida periférica que iba a lo largo de la pared oeste de la burbuja. Dentro de unos instantes se encontraría con los amigos, con los que moriría en paz...

Rosal caminaba a paso lento. No se sentía abrumado: su mirada iba errante, impregnándose por última vez de las cosas.

De pronto, una forma móvil atrajo su atención: estaba allí, a diez pasos de él, detrás de la burbuja..., en el mundo exterior.

Rosal se detuvo y se frotó los ojos.

«¿Será que la gripe me hace delirar?», se preguntó al

mismo tiempo que se pasaba maquinalmente la mano por la frente.

Se dirigió, intrigado, hacia la pared de energía repulsiva. Ordinariamente, no se distinguía detrás de ella más que una vasta extensión borrosa y amarillenta. Y he aquí que acababa de aparecer, en medio de aquel desierto eternamente vacío, una silueta fantástica y viva, un ser semejante a él en todo y que parecía llamarlo.

Era una muchacha. Su mono azul estaba totalmente desgarrado.

De nuevo Rosal se preguntó si no estaría soñando. Para asegurarse, se aproximó hasta tocar la pared.

La muchacha le hablaba. Lo notaba en sus labios. Pero no podía oírla: la pared repulsiva hacía de cortina.

La forma humana le hacía señas, le señalaba a él, Rosal, y le indicaba sucesivamente la cima de la bóveda y el interior de la ciudad.

Rosal sabía de siempre que su cociente intelectual era de nivel medio. Así pues, su corazón saltó de alegría al darse cuenta de que interpretaba con facilidad las señales que le hacía la muchacha.

En el momento en que tomaba la decisión de avisar al Fichero central, una segunda visión, todavía más sorprendente que la anterior, le hizo dudar de su razón otra vez: dos criaturas extrañas, totalmente diferentes de la primera, acababan de aparecer al lado de ésta. Le miraban a él, Rosal, impasibles, con una mirada enigmática.

Se le pusieron los pelos de punta y se le hizo un nudo en la garganta. Giró sobre sus talones y huyó hacia el Fichero central.

Cuando Rosal, despeinado y jadeante, pidió, frente a la ventanilla automática que le dejasen entrar en el edificio administrativo, fue una voz humana la que le preguntó con tono arrogante:

—¿Qué desea usted?

—Tengo que exponerle un problema..., tartamudeó Rosal. Es una revelación sorprendente para el ordenador. Es absolutamente necesario...

—El Fichero central ha sido desconectado provisionalmente, cortó el invisible interpelado. Sólo hay un servicio de urgencias. ¿Qué es lo que tiene que decir? ¿Qué hace usted por las calles, si no está contagiado?

—¡Pero si estoy enfermo!, protestó Rosal. Dejadme entrar, es preciso que os explique...

—Si usted está contagiado, dijo con sarcasmo el empleado, ¿se imagina que le vamos a dejar entrar? Ya tenemos bastante con nuestros propios microbios.

—Abre de una vez la cerradura magnética, Boca-de-Lobo, dijo otra voz, ésta resignada. Bien sabes que para los que estamos aquí no es más que una cuestión de horas...

Se corrió el tabique y Rosal, muy excitado, se precipitó dentro del bloque administrativo. Los pasillos estaban vacíos. Los tambores de los cerebros electrónicos, mudos. Lo que Rosal ignoraba aún era que, de los ochocientos veinticuatro empleados que componían el equipo de vigilancia habitual, no quedaban más de media docena.

Boca-de-Lobo acogió a Rosal con una sonrisa sarcástica en los labios.

—¿Es que no podía haber ido usted directamente a la *Casa del Recuerdo* que tiene asignada y dejarnos morir tranquilos?, le reprochó.

—¡Hay hombres en el mundo exterior!, gritó Rosal.

Los pocos empleados que se encontraban allí enarcaron las cejas.

—Seguro, asintió Boca-de-Lobo. Dígame, amigo, ¿cuándo ha sentido usted los primeros síntomas de la gripe?

—¿No quieres creerme?, explotó Rosal fuera de sí. Los he visto como te veo a ti. Me hacían señas. Querían entrar. Dos hombres y una muchacha. Al otro lado de la burbuja.

—Ciertamente..., siguió asintiendo Boca-de-Lobo. Tenían seis brazos y dos cabezas...

Y, volviéndose hacia los demás, añadió con suficiencia:

—Lo sintomático de la gripe es que provoca alucinaciones muy diferentes, según la personalidad de cada individuo...

—Un momento, dijo un empleado desde el otro lado de la sala. Tal vez te equivoques al no querer escuchar lo que este hombre quiere decirte. Desde hace algún tiempo pasan cosas muy sorprendentes.

Boca-de-Lobo se encogió de hombros.

—Vamos, Miosota, no me vengas a decir que crees lo que dice este iluminado. Mira sus ojos brillantes y su frente húmeda. Antes de que se acabe el día se habrá unido a los quince millones de muertos de los diez últimos días. Ya no está en su sano juicio...

—¿Has hablado de una muchacha?, preguntó Miosota, cuyo interés iba en aumento.

—Sí, exclamó Rosal, feliz por haber encontrado un aliado en aquel lugar.

—¿Y si la muchacha fuera Reseda?, preguntó Miosota mirando a los otros dos.

—¿Reseda?, dijo un empleado frunciendo el ceño.

—La muchacha que iba en el estratobús especial desaparecido entre las Ciudades 3 y 4, ¿os habéis olvidado ya? ¡Pues poca lata que nos dio con ello el programa de noticias!

Luego, ordenando sus recuerdos, añadió como para sí mismo.

—Su padre habló en una entrevista. Veamos... ¿Cómo se llamaba? Ah, sí; Ciclamen.

—¿Ciclamen?, dijo Boca-de-Lobo. ¿El especialista en lenguas P.P.P.? De todos modos, esta historia es inverosímil. El estratobús no llevaba más que al piloto y a su pasajera y ahora se trata de tres personas.

Intrigado a su vez, Boca-de-Lobo añadió con tono decidido:

—¡Tenemos que salir de dudas! A no ser que Ciclamen haya marchado ya a una casa del recuerdo...

Sólo necesitó unos pocos segundos para ponerse en contacto con su teleburó. La pantalla se iluminó. No apareció ningún rostro...

Piernas-Largas y Tambor-Misterioso se pusieron uno a cada lado de Reseda. La muchacha cogió la mano del Bravo y la colocó sobre la pared transparente. Piernas-Largas palpó la materia suave y se dio cuenta de que era imposible ir más lejos. Sólo un poco más tarde descubrió lo que Tambor-Misterioso contemplaba con ojos desorbitados: al otro lado de la barrera infranqueable un hombre los estaba mirando.

—Se diría que es un ser..., subrayó Tambor-Misterioso.

—Es un habitante de la Gran-Choza, precisó Piernas-Largas.

Y añadió:

—Aquí pasan cosas que nosotros no podemos comprender. Extiende la mano, Tambor-Misterioso. Palpa este muro invisible que nos impide seguir adelante.

—Mira. El habitante huye, dijo Tambor-Misterioso. Le hemos debido asustar.

Piernas-Largas se volvió hacia Reseda, en cuya cara se reflejaba una loca esperanza. Parecía que tomaba una decisión: la muchacha señaló la tribu que veía a lo lejos y por señas indicó al joven que los Seres-Humanos debían acercarse.

—Quédate aquí, Tambor-Misterioso, dijo Piernas-Largas. Voy a ver a Voz-de-Trueno. Creo que Reseda quiere darnos a entender que los Seres-Humanos pueden venir hasta aquí sin peligro...

El silbido melodioso del videófono despertó a Ciclamen, que estaba desplomado en su despacho. Ni siquiera levantó la cabeza. Puesto que no había conseguido encontrar la fórmula y sus fuerzas declinaban de hora en hora, ¿para qué confesarles una vez más su fracaso a los especialistas R.D.C.?

Estaba tomada su decisión: iba a retirarse a la *Casa del Recuerdo* más próxima, ya que su estado no cesaba de agravarse.

Pero la llamada insistía. Ciclamen abrió los ojos. El que aparecía en la pantalla no era un especialista R.D.C., sino un desconocido que vestía el traje rojo del Fichero central. Apretó el botón naranja. La voz gritó:

—Ah, Ciclamen. Todavía estás ahí... Te llamo porque hemos recibido la visita de uno que dice... Ha visto...

En el Fichero central, Miosota dudó: ¿y si Rosal en realidad hubiese soñado? Decidió cambiar de táctica:

—Dime, Ciclamen, ¿de qué color era el traje de tu hija cuando salió para la Ciudad 3?

A Ciclamen le entraron dudas. De repente, su mente se aclaró:

—¿Por qué me haces esta pregunta? ¿Es que se ha encontrado el estratobús?

—¡El color del traje!, insistió el otro.

—Azul. Era azul. ¿Qué habéis descubierto? ¡Dímelo!

En el Fichero central hubo un segundo de silencio. Miosota confesó al fin:

—Tenemos aquí a un individuo que dice que se llama Rosal. Asegura que ha visto en el exterior de la pared, zona oeste, tres personajes que nos es imposible identificar. Uno de ellos es una muchacha con un traje azul...

Delante del cuadro electrónico del despacho de la Compañía Extra-Burbujas, Siempreviva parecía totalmente satisfecha... Tenía para ello dos razones bien diferentes: una, que había visto marchar a todos sus colegas, uno por uno, a la *Casa del Recuerdo* de la compañía; otra, que hacía ya seis días que disfrutaba de una perfecta tranquilidad. Al haber cesado todo tráfico, sus cuadros estaban mudos. Por fin podía entregarse a su pasión favorita: los crucigramas tridimensionales, y los jeroglífico-casetrífonos, que se amontonaban en su mesa.

Cuando estaba deliciosamente enfrascada en su casilla 127 se encendieron de repente todas las lámparas del cuadro de comunicaciones.

Siempreviva se sobresaltó. Una montaña de casetrífonos cayó por los suelos. En la pantalla apareció un rostro angustiado. La muchacha se rehizo al momento y dijo con la voz más impersonal que pudo:

—Aquí, Compañía Extra-Burbujas. ¿Qué podemos hacer por usted?

—Perdóneme, dijo Ciclamen, que había visto caer la pila de casetrífonos... Perdóneme por molestarla. ¿Está usted también enferma, quizá?

—¡Oh, no!, contestó Siempreviva alegremente. Al contrario, soy la única por el momento que puede garantizar este servicio.

Ciclamen se quedó desconcertado y acabó por decir:

—Este es mi problema: solicito la salida de un estratobús para ir a buscar a tres personas que se encuentran en el mundo exterior...

Siempreviva iba a contestarle cuando se dio cuenta de lo desmesurado de su petición.

—Eso es imposible, dijo con una sonrisa de disgusto. Y ello por dos razones: la primera es que nadie puede vivir en el mundo exterior; la segunda, que para obtener un estratobús necesitaría usted la autorización del Fichero central.

—Es precisamente en el Fichero central donde me encuentro, dijo Ciclamen con nerviosismo. Se trata de un caso urgente. Y puesto que usted dice que es la única que está de servicio, tiene que enfrentarse con esta petición excepcional.

Siempreviva acusó el golpe y ponderó la cosa:

—Personalmente no veo ningún inconveniente, pero sigue siendo imposible, y ello por dos razones. Primera, el ordenador de la compañía tendría que...

—¡Yo también tengo dos razones!, cortó Ciclamen. Una: mi hija se encuentra en el mundo exterior. Dos: la acompañan unos hombres de origen desconocido. Tenga la bondad de consultar a su ordenador.

Siempreviva se encogió de hombros, pensando mientras manipulaba las teclas:

—Está completamente loco... Y ello por dos razones...

Un segundo después, el ordenador contestaba:

—Autorización concedida. El estratobús 28 reservado para los vuelos especiales espera en la rampa principal. El piloto de servicio se encuentra a bordo.

Siempreviva pensó que el ordenador se había vuelto tan loco como su interlocutor. Después enrojeció hasta las orejas: llena de confusión miraba una lámpara malva que brillaba en el rincón izquierdo del panel. Esa lámpara encendida significaba que había olvidado desconectar el circuito de vuelos excepcionales a pesar de la orden que había recibido cuatro días antes.

¿Cómo no habría visto antes la luz de esa bombilla? La pila de jeroglífico-casetrífonos se la había tapado.

Voz-de-Trueno había mandado acampar sobre la tierra parda, a pocos pasos de la Gran-Choza. Inquietos por la proximidad de aquella cosa imponente y misteriosa, los Seres-Humanos hablaban en voz baja mientras plantaban sus tiendas. Noche-Negra, que reemplazaba ahora en sus funciones a Guardián-del-Pasado, hizo bajar la Caja de los lomos de Gran-Caballo.

—¡Cielo-Blanco, Tres-Hojas!, llamó. Colocad la Supervivencia del Pasado sobre un trípode. Que mire de frente a la Gran-Choza: ella nos protegerá de todo peligro que pueda venir de allí.

Los dos Bravos cumplieron la orden con respeto, mientras Gran-Caballo escarbaba en el suelo con su pezuña.

—No hay hierba en este país, dijo Piernas-Largas dirigiéndose a Manos-Cortas. Los caballos no podrán comer.

Voz-de-Trueno le cortó la palabra al joven Bravo:

—Si llega la tarde sin que suceda nada, los llevaremos hacia el bosque que se divisa allá a lo lejos.

Piernas-Largas no había confiado a nadie las revelaciones que le había hecho Guardián-del-Pasado referentes a la Caja. Se fue a sentar aparte y fijó sus ojos en ella. ¿Qué sería eso tan sobrenatural que encerraba? ¿Era posible que una cosa tan pequeña poseyera dones tan extraordinarios?

Sol-Rojo encendía el fuego con la madera que le traían las mujeres.

Reseda miraba a Doble-Luna, que repartía los últimos trozos de carne, y Piernas-Largas miraba a Reseda. El joven Bravo esbozó una sonrisa. ¿No tenía ella aspecto de mujer? ¿No se diría que había vivido siempre con los Seres-Humanos? ¿En qué estaría pensando?

Aquella tarde más que nunca Piernas-Largas lamentaba no hablar su lengua...

De pronto, Tambor-Misterioso señaló en dirección al cielo:

—¿Qué es esa cosa tan rara?, gritó. Mirad: sale de lo alto de la Gran Choza.

Los Bravos levantaron la cabeza y miraron hacia donde señalaba. Un silbido agudo hizo temblar bruscamente a los Seres-Humanos.

—Es un Pájaro de Plata, gritó Tambor-Misterioso que, por una vez, había encontrado la palabra justa. Sus alas se abren. Se diría que viene hacia nosotros.

Un soplo caliente rozó a la tribu, pero esta vez no hubo ningún pánico. Igual que Reseda, todos estaban inmóviles. Con la cara radiante, ella parecía que esperaba la llegada del gran Pájaro de Plata...

Madera-Seca, con voz temblorosa, dijo al oído a Tres-Hojas:

—¿Tienes miedo?

—No, en absoluto, replicó Tres-Hojas castañeteándole los dientes.

El polvo que recubría la tierra pelada envolvió al pájaro en una gran nube opaca. Cuando se disipó, dejó ver, poco a poco, al Pájaro de Plata que, después de aterrizar, reflejaba los últimos rayos de sol.

Del flanco del estratobús salió un hombre. Su paso era titubeante. Parecía agotado. Instintivamente, los Seres-Humanos se apretujaron alrededor de la Caja.

Reseda no se había movido. Estaba pasmada. Dos gruesas lágrimas rodaron por sus mejillas. Y, sin embargo, sus ojos reían, estallaban de alegría.

El hombre se acercó con sus piernas renqueantes y tomó a Reseda entre sus brazos.

Gran-Caballo lanzó un largo relincho.

12. La Caja

CICLAMEN estrechó a Reseda entre sus brazos.

De repente, cayó en la cuenta de su estado y dio un paso hacia atrás.

—¿Qué te pasa, papá Ciclamen? Parece que tienes miedo de algo...

Su padre había palidecido. Dijo entre dientes:

—El contagio, Reseda. ¿Has olvidado que tenía ya la gripe cuando te marchaste? Mi estado no ha hecho más que empeorar.

—Pero, papá Ciclamen, date cuenta de todos estos días que yo he pasado en el mundo exterior.

Con lágrimas en los ojos, lo consoló con una sonrisa y añadió:

—Si uno de los dos es capaz de contaminar al otro, esa soy yo.

Pero papá Ciclamen ya no la escuchaba: ahora que podía estrechar a su hija entre sus brazos descubría a los personajes que estaban en pie detrás de ella.

—Conque éstos son los Indios Cheyenes...

Ciclamen se quedó sorprendido por la actitud noble, orgullosa y tranquila a la vez de aquellos hombres del mundo exterior. Eran diferentes entre sí, pero todos se parecían curiosamente en sus vestidos. Sus cuerpos delgados parecían hechos para la acción. Sus cabellos, negros y largos, caían por todos los lados de su cara tostada. Pero lo que llamaba la atención, sobre todo, eran los ojos de aquellos hombres: clavados como dos brasas en el fondo de sus órbitas, le miraban hasta el fondo del alma. Parecían unos ojos que lo habían visto todo.

En sus manos, los Cheyenes llevaban objetos intrigantes que se parecían a las armas primitivas que se conservaban en el Museo 4.

Impresionado, pero a la vez sereno, Ciclamen murmuró como para sí mismo:

—Estos son los verdaderos descendientes de nuestros antepasados...

Reseda agarró con firmeza a Ciclamen por la muñeca y lo arrastró hacia la fila inmóvil de los Pieles-Rojas que estaban atentos. Dirigió una sonrisa a Piernas-Largas, puso la palma de la mano sobre el pecho de su padre y pronunció despacio:

—Ci-cla-men.

Recobrando un viejo gesto instintivo, el especialista en lenguas antiguas tendió la mano al Cheyene. Piernas-Largas comprendió su intención. Sonrió él también y, volviéndose hacia Noche-Negra, dijo:

—Es curioso, ¿no te parece? Este es el hombre que vimos aparecer en la caja del Pájaro de Plata, Y ahora está aquí delante de nosotros...

Noche-Negra no quería dejar traslucir su asombro.

—Sí, aseguró asintiendo con la cabeza. Esta es una... grandísima medicina.

La mirada de Piernas-Largas volvió a fijarse en Ciclamen.

«Este hombre no ha cambiado», pensó. «Su voz sigue siendo tan dulce y su rostro tiene aspecto de bondad. Pero parece que está muy fatigado».

Reseda hizo que su padre pasara por delante de los Bravos. Tocaba sus pechos y pronunciaba con voz clara:

—Este es Madera-Seca. Este otro, Manos-Cortas. Y éste, Tambor-Misterioso. En cuanto a éste..., éste es Noche-Negra. Yo no he entendido bien cuál es su papel. Pero aquí está Voz-de-Trueno. Parece que es el jefe.

Los ojos de Ciclamen se posaron durante unos instantes en las mujeres y niños que lo miraban con evidente admiración. Sólo una joven permanecía con la cabeza baja: Sonrisa-Tímida pensaba en Brizna-de-Hierba que no vería nunca la Gran-Choza ni al hombre que habitaba en el Pájaro de Plata.

De repente llegó a los oídos de Ciclamen un grito extraño: Gran-Caballo relinchaba por miedo a que se olvidaran de él.

—¡Un caballo!, exclamó Ciclamen.

Casi al momento, rectitificó:

—¡Dos... tres... seis! ¡Y aún más!...

Parecía que todos estaban sanos. Al ver el asombro de su padre, Reseda no pudo por menos de pincharle un poco:

—Cuando pienso que todos hemos arriesgado la vida para librar al caballo del mundo exterior... En el lugar de donde venimos hay los suficientes como para llenar todos los museos de las cuatro ciudades.

Ciclamen pasó maquinalmente los dedos por sus cabellos: estaba descubriendo un mundo insospechado.

Ahora, el hielo se había roto y Reseda intentaba, con gestos, hacer entender a los Indios que este hombre era su padre. Una vez serenados, los Bravos hablaban entre sí comentando el suceso.

En medio de la algarabía que siguió, Ciclamen se quedó pasmado.

Allí, a algunos pasos, justo en medio de los Cheyenes, acababa de llamar su atención una imagen insólita. No creía a sus ojos: entre las pieles oscuras que lo rodeaban, destacaba un círculo blanco..., una cruz roja...

Sacudió a su hija por el brazo:

—Reseda... Ese es el símbolo.

La muchacha siguió la dirección de su dedo. Parecía no entender. Su padre le explicó, muy excitado:

—Acuérdate de la sigla de que te hablé en el despacho de Rododendro. ¿Qué es eso?

Desconcertada, Reseda miró detenidamente el objeto que había provocado la exaltación de Ciclamen.

—Lo ignoro... No he tenido tiempo de preocuparme de

eso. Parece que estos hombres le tributan una especie de adoración. Siempre la manejan con respeto.

Maquinalmente, Ciclamen dio tres pasos hacia la Caja. Al instante, Manos-Cortas y Noche-y-Día se interpusieron.

—Un momento, dijo Ciclamen. Dejad que me acerque.

De repente, se callaron todos. Levantaron las lanzas. Una docena de rostros, con el ceño fruncido, se volvieron hacia Ciclamen. Los Cheyenes no sabían aún cómo interpretar el gesto del extranjero. Pero una cosa era cierta: la Caja había acaparado al presente toda su atención. Y los Indios le habían hecho frente.

—¡Es un objeto sagrado!, le dijo Reseda. No insistas...

Las manos de los Pieles-Rojas empuñaron las armas; con la mirada dura, formaban una muralla impresionante.

Ciclamen sintió que unas gruesas gotas de sudor perlaban su frente. La euforia de los reencuentros le había hecho olvidar por un momento su fiebre. Volvía ahora a la carga y sus sienes doloridas latían a ritmo desenfrenado.

Intentó dominar la impaciencia y la cólera que lo invadían. Para no asustar a los Cheyenes, se echó para atrás esbozando una sonrisa.

—Tienen confianza en ti, dijo a Reseda con un hilo de voz. ¿Quieres decirles que se aparten un poco? Me es indispensable examinar las inscripciones que se encuentran debajo del símbolo.

Los puños de Ciclamen se crisparon.

—Espera, dijo Reseda. Se me ocurre otra idea...

Hizo señas a Piernas-Largas de que se acercara. Tomó su mano y la puso entre las de su padre. Luego hizo comprender a Piernas-Largas que tenía que llevar a Ciclamen hasta la Caja. El Cheyene lo comprendió. Los Bravos se apartaron a su paso.

Sin embargo, Doble-Luna y Cielo-Blanco seguían refunfuñando.

—¡Bravos!, gritó Piernas-Largas. Dejad que este hombre se acerque a la Supervivencia del Pasado. Creo que sé lo que busca. Mirad en su rostro las huellas de la enfermedad que castigaba a nuestra tribu no hace mucho tiempo. Ved lo débil que está. Se diría que va a morir.

El Bravo bajó la voz y siguió diciendo a todos:

—Guardián-del-Pasado me confió un secreto el día en que lo abandonamos en el camino. Me dijo que la Caja contenía una medicina muy poderosa, capaz de curar los males de los Seres-Humanos.

Piernas-Largas señaló con el dedo al padre de Reseda:

—Parece que este hombre conoce la medicina que encierra en la Caja. Ninguno de nosotros es capaz de utilizarla. ¿Vamos a dejar morir al extranjero, cuando quizá conoce el secreto?

Una viva discusión estalló en la asamblea. Noche-Negra exigió silencio:

—¿Estás loco, Piernas-Largas?, gritó. ¿Podemos permitir que se profane la Caja?

Piernas-Largas se enfrentó con el brujo y con una sonrisa enigmática le lanzó a la cara:

—Profanar... profanar... ¿Qué significa esta palabra en tu boca, viejo? Antes nos prohibías penetrar en el bosque. Y le debemos nuestra supervivencia. ¿Vas a decirnos ahora que la Caja no puede traer la felicidad a los Seres-Humanos? ¿Y si nos trajera a los hombres tanto bienestar como nos ha traído el bosque? ¿No es igual que nosotros este hombre que ha venido de la Gran-Choza?

No había aún capitulado Noche-Negra cuando Piernas-Largas ya avanzaba hacia él. Sus ojos escudriñaron un instante los del brujo, quien acabó por decirle:

—Después de todo, Piernas-Largas, es posible que tengas razón... Haz como mejor te parezca, ya que ahora no está aquí Guardián-del-Pasado para aconsejarnos.

Piernas-Largas le dio las gracias poniéndole amistosamente una mano sobre el hombro. El viejo se lo agradeció.

Ciclamen y Reseda habían seguido las diferentes fases de la discusión con ansiedad. Se habían dado cuenta muy bien de que acababa de tener lugar un altercado delante de ellos. Y de que Piernas-Largas, su aliado, había ganado.

Para testimoniar ante los Cheyenes su respeto por el

objeto sagrado, Ciclamen avanzó hacia la Caja y se recogió un instante. Con gran sorpresa suya, tradujo la inscripción en un segundo. Con fuertes latidos de corazón, se volvió hacia Reseda:

—Fantástico..., increíble... Estoy seguro de que el remedio para curar a los hombres de las ciudades está dentro de esta caja de acero.

Ciclamen acababa de descifrar una inscripción en inglés P.P.P.: *Emergency. International Red Cross* [1].

Reseda no entendía muy bien las últimas palabras de su padre.

—¿Curar a los hombres de las ciudades?, preguntó con extrañeza. ¿Es que hay allí muchos enfermos?

—Varios millones han sucumbido ya, y cada día aumenta el número de muertos. Las ciudades están completamente desorientadas, y me temo, Reseda, que no reconozcas ya la nuestra.

Ciclamen alargó la mano hacia la Caja y pasó despacio sus dedos por el reborde del acero. Algunas placas de orín manchaban aquí y allí el metal inoxidable que había resistido durante tanto tiempo el paso de los siglos. La voz de Ciclamen tembló de emoción cuando preguntó a Reseda:

—¿Crees que nos dejarán abrirla? Cuando pienso que la supervivencia de la humanidad se encuentra en dos o tres fórmulas químicas y que éstas se hallan probablemente aquí...

Reseda se sobresaltó: por detrás de ellos, Piernas-Largas, que había escuchado su diálogo sin decir una palabra, había avanzado hacia la Caja.

La miró minuciosamente por todos los lados.

Ciclamen y Reseda no sabían que Piernas-Largas buscaba la abertura de que le había hablado Guardián-del-Pasado. Sin embargo, sospecharon su intención.

Ciclamen, aprovechando las buenas disposiciones aparentes del Cheyene, puso las manos sobre los dos pestillos.

Piernas-Largas acababa de darse cuenta de que Cicla-

---

[1] Urgencia. Cruz Roja Internacional.

men conocía el secreto de la Caja, ese secreto que el mismo Guardián-del-Pasado no había descubierto, a no ser que hubiera querido profanarla.

El Bravo se volvió hacia el brujo:

—Pienso que el hombre blanco quiere abrir la Caja. Y debo confesarte, Noche-Negra, que también yo ardo en deseos de descubrir la poderosa medicina que contiene.

Los hombros del brujo se hundieron; asintió en silencio. Así pues, tenía que pasar por eso... Hasta el presente, Noche-Negra no se había creído las supersticiones que, sin embargo, había conseguido imbuir en los suyos, so pretexto de Tradición. Pero, en este momento, se había apoderado de él un terror incontrolable. ¿Y si la apertura de la Caja desencadenaba la ira de algún dios desconocido?

Noche-Negra no era el único que albergaba negros presentimientos. Alrededor de él, los Seres-Humanos se habían puesto a temblar y se habían quedado clavados en el suelo. Desde hacía algún tiempo se daban cuenta de que los acontecimientos se precipitaban, pero nunca hubieran pensado que todo sucedería tan deprisa.

El mismo Piernas-Largas, ¿estaba tan seguro de sí mismo?

Los Cheyenes, recogidos, comprendían sin duda alguna que en este momento se estaba desarrollando una de las fases decisivas de la historia de su pueblo.

Las falanges de los dedos de Ciclamen se pusieron blancas junto a las uñas. Hizo una presión muy fuerte.

Las dos cerraduras, oxidadas, se desprendieron a un tiempo y cayeron a sus pies.

Los Bravos quedaron mudos de asombro.

Ciclamen cogió los bordes de la tapa y dudó un momento. Una idea descabellada le pasó por la mente:

«¿Y si la caja estuviera vacía?»

Dominando su aprensión, Ciclamen abrió la Caja. Un chirrido agudo le produjo un estremecimiento por todas sus vértebras.

Una cinta de plástico, seca ya por los años, cedió con un crujido. Un polvo fino recubrió los pies de Ciclamen.

Todos a una, los Cheyenes estiraron el cuello. Piernas-Largas se volvió hacia Noche-Negra y le lanzó en son de triunfo:

—¿Es ésta la medicina que te asustaba, brujo? No veo nada en la Caja que pueda causar temor a los Seres-Humanos. ¿Se ha muerto el hombre blanco por abrirla?

El brujo agachó la cabeza.

Ciclamen estaba totalmente insensible a lo que sucedía en torno suyo. Con unos ojos brillantes por el ansia y con todos sus sentidos exacerbados, miraba el contenido de este objeto que surgía de la noche de los tiempos.

Se trataba ahora de examinar con detalle los paquetitos oscuros alineados frente a él. Cogió delicadamente uno y dijo a Reseda:

—¿Qué clase de materia es ésta que recubre los envases? Es realmente asombroso que estos productos hayan podido llegar hasta nosotros.

Reseda preguntó:

—¿Puedes descifrar lo que está escrito en cada paquete, papá Ciclamen?

El especialista en lenguas antiguas no contestó a su hija, ocupado como estaba en traducir las inscripciones. Anotaba:

—Sul-fa-mi-da... Vi-ta-scor-bol... Pe-ni-ci-li-na... As-pi-ri-na...

De pronto, exclamó muy excitado:

—Escucha, Reseda: «Dolores de cabeza, neuralgias, vitamina C en dosis altas, enfermedades contagiosas...» Y esto: «Antigripina»: ¡Tratamiento de la gripe!

Ciclamen no sabía adónde volver la cabeza y Voz-de-Trueno, un poco apartado, esbozaba una sonrisa. Había hecho bien en confiar en Piernas-Largas: éste acababa de obtener una victoria. No sabía cuál, pero la leía en los ojos del hombre blanco.

Ciclamen hizo en seguida una selección: tomó los medicamentos que creyó más apropiados, volvió a cerrar la tapa de la caja con un golpe seco y dirigió una sonrisa agradecida al brujo. Luego, volviéndose hacia Reseda, le dijo:

—Es necesario que convenzas a ese que llamas Piernas-Largas de que nos entregue la caja. Creo indispensable que el ordenador del Fichero central analice la totalidad de los medicamentos que contiene.

—¿Llevar la caja a la ciudad... sin los Cheyenes?, dijo Reseda. No creo que eso sea posible...

—Entonces..., invítalos a que vengan con nosotros.

Reseda asintió con seriedad. Llamó a Piernas-Largas, le tomó otra vez la mano, pero ahora la retuvo entre las suyas. Después, por medio de señas, señaló a los Cheyenes, a la Caja, al estratobús y a la ciudad.

Piernas-Largas hizo un gesto de que entendía y tradujo para los demás:

—Reseda propone a los Seres-Humanos que tomen la Caja, que suban al Pájaro de Plata y que vayamos todos a la Gran-Choza.

—¿Y no será eso peligroso?, preguntó Tambor-Misterioso. ¿Cuántos espíritus malos se ocultan en esa inmensa morada?

Noche-Negra, devorado ahora por la curiosidad, había abandonado toda prudencia. Y contestó haciendo un guiño de complicidad a Piernas-Largas:

—¿Qué podemos arriesgar si entramos en la Gran-Choza acompañados de la Caja? Además, ¿cómo iban a poder habitar los espíritus malos en una casa transparente? ¡Necesitan la oscuridad para ocultarse!

Manos-Cortas dijo al oído de Tambor-Misterioso:

—¿Has oído a nuestro brujo? Está dispuesto a tragarse su miedo; hasta ese punto llegan sus deseos de montar en el Pájaro de Plata.

Noche-y-Día, que había oído esta reflexión, declaró en voz alta:

—¡Eso es! ¡Entrad todos en el Pájaro de Plata! Yo me juntaré más tarde con vosotros.

Y como Piernas-Largas le mirase con cierto asombro, el Bravo precisó:

—¿Qué va a ser de los caballos si no se queda nadie con

ellos? Me extrañaría mucho que Gran-Caballo quisiera entrar en un pájaro...

Manos-Cortas hizo esta otra confidencia a Tambor-Misterioso:

—Y ahora mira a un Bravo que se traga su valentía por el miedo que le da ver a los espíritus del cielo demasiado cerca...

Doble-Luna, que no acababa de fiarse de la Gran-Choza, logró convencer a Noche-y-Día de que no sería excesivo quedarse dos para cuidar de los caballos.

Reseda y su padre no habían captado el sentido de esta discusión. A medida que pasaba el tiempo, Ciclamen sentía que sus fuerzas se debilitaban. A veces se tambaleaba hasta casi perder el equilibrio. Tenía cada vez más la impresión de vivir un sueño inverosímil.

Después de largas discusiones, de las que él no entendió una palabra, los Cheyenes se encaminaron solemnemente hacia el Pájaro de Plata. El jefe, Voz-de-Trueno, marchaba en cabeza. Dos Bravos le seguían de cerca. Encuadraban la Caja con una vigilancia mucho mayor, dada la gravedad del momento.

En el estratobús cabían cincuenta personas. Los veinte Cheyenes podían ir holgadamente. En cuanto al piloto, nunca hubiera imaginado que un día iba a transportar semejante cargamento.

Apenas entraron en el módulo, los Indios se quedaron en pie y guardaron silencio. Reseda les indicó los asientos reservados a los pasajeros. Pero Voz-de-Trueno prefirió sentarse en el suelo. Los demás hicieron otro tanto.

Con curiosidad y atención, los Cheyenes escrutaban el interior del estratobús. No interrumpieron su examen tranquilo hasta que Reseda hizo señas al piloto de que podía despegar.

Su expresión se hizo inmediatamente aún más recogida.

Con un silbido estridente, el Gran Pájaro de Plata los llevaba a la Gran-Choza.

Por las aceras móviles avanzaba una extraña procesión. Una vez que los Cheyenes se encontraron en la pista del vasto astropuerto Noroeste, Piernas-Largas se volvió hacia Noche-Negra. Las aletas de su nariz no dejaban de tiritar.

—¿Te has dado cuenta?, le susurró.

El brujo, completamente desorientado, asintió con la cabeza.

—Esta choza es muy rara. Aquí no se oye nada.

Como para que no hubiera ninguna duda sobre este hecho extraordinario, Noche-Negra había inspirado por segunda vez una gran bocanada de aire.

La misma Reseda, que había estado en contacto con los múltiples ruidos del mundo exterior, se quedó sorprendida un momento: era como si se le acabara de privar de un alimento indispensable.

La Ciudad 4 estaba totalmente vacía de gente. Aquí y allí había vehículos abandonados. La muchacha caminaba, con un nudo en la garganta. En un rincón de una avenida divisó una larga fila de enfermos. Parecía que no veían otra cosa que el gran porche que los aspiraba inexorablemente dentro de la *Casa del Recuerdo*. Reseda apartó rápidamente la mirada... Esta simple visión de pesadilla bastó para demostrarle el camino recorrido por la enfermedad desde su marcha.

Con gran asombro suyo, los Indios no parecían muy impresionados por lo que veían. Voz-de-Trueno susurró al oído de Sol-Rojo:

—Es feo esto... Los hombres que viven en esta choza parece que son muy desgraciados. Noche-y-Día y Doble-Luna han acertado al quedarse cuidando de los caballos.

Sol-Rojo levantó la vista hacia los grandes edificios y añadió:

—Es verdad: estos hombres no tienen ni animales ni árboles... Mira bajo tus pies. Ni siquiera hay suelo. Es posible que ya ni estemos en la tierra.

Y frunciendo el ceño, añadió como persona entendida:

—Por eso, sin duda, es por lo que no se oye nada.

Al ver que comenzaba entre los Cheyenes otra vez una

discusión animada, Ciclamen aprovechó para contar a su hija con detalle los acontecimientos que habían tenido lugar desde su marcha. Reseda hizo lo mismo, y su padre lanzó más de una vez una exclamación de sorpresa al saber lo que era en realidad el mundo exterior.

Y concluyó con nostalgia:

—Los hombres de las cuatro ciudades tendrán que volver a descubrir muchas cosas...

La irrupción de los Cheyenes en el Fichero central causó sensación. Los empleados los vieron llegar con los ojos desorbitados.

Pero Boca-de-Lobo ya no estaba allí: la enfermedad se lo había llevado. Fue Miosota el que preguntó a Ciclamen:

—¿Qué broma es ésta? ¿En qué museo has descubierto a estos...

—En el mundo exterior, cortó Ciclamen.

Desde el fondo de la sala de ordenadores, Rosal se acercó y mascullo:

—Yo tenía razón... Ya lo veis... Yo estaba seguro de haber visto hombres a través de la burbuja...

Con gestos mesurados, se acercó a los impasibles Cheyenes y acarició un vestido de piel con dedos temblorosos.

Mirando de hito en hito una piel oscura, exclamó:

—¡En el exterior! ¡Vivían en el exterior! ¿Cómo es posible?...

—No tenemos un minuto que perder, cortó Ciclamen dirigiéndose a Miosota. ¿Está preparado para funcionar el ordenador de análisis?

—Por supuesto, afirmó Miosota. Basta conectarlo al ordenador central. ¿Por qué? ¿Qué clase de molécula quieres analizar?

Ciclamen depositó en la caja los tres paquetitos oscuros que había seleccionado. Los colocó sobre la mesa de fibroplast y rompió con mil precauciones los envoltorios parafinados.

Descubrió ampollitas, frascos hechos con ese viejo material que los antiguos llamaban *vidrio*. A través de él vio que todos contenían un polvo granuloso de diferente color.

Ciclamen cogió con dedos temblorosos el primer frasco y se lo tendió a Miosota.

—Vamos a comenzar por éste. En él pone *Antigripina*.

El encargado del Fichero central se dirigió hacia el ordenador de análisis y gritó de pronto mirando por encima del hombro:

—Dime..., ¿No viene esto del exterior? ¿No será peligroso?

Las manos de Ciclamen se crisparon sobre el borde de la mesa.

—¡Por favor, hazlo pronto!

Bajo la mirada de Noche-Negra, especialmente interesado, Miosota se dio prisa ante el ordenador de análisis: abrió válvulas, manipuló teclas y los tambores magnéticos hicieron una serie de movimientos bruscos.

—Ordenador de análisis, sección de productos químicos. Preparado para funcionar, anunció la voz del robot.

—Esta pared habla..., constató en voz baja Noche-Negra.

Tambor-Misterioso se acercó al brujo y susurró como para sí mismo:

—Una pared no habla.. Por tanto, esto no es una pared. Y si no es una pared, es otra cosa.

Pero Tambor-Misterioso no tuvo tiempo de encontrar la definición exacta: la botellita fue aspirada con un ruido de succión. Al instante, la voz prosiguió:

—¿Queréis el resultado del análisis del contenido o del continente?

—¡Sólo el polvo!, chilló Ciclamen, harto ya.

—Perdón. Pero deberían haberlo precisado.

Los tambores reemprendieron su loca carrera. Luego cesó todo movimiento. El ordenador concluyó:

—Análisis terminado. He grabado la lista completa de los componentes, así como de su proporción. ¿Queréis una relación detallada por casetrífono?

—Sí, respondió Ciclamen con viveza. ¿Habrá que esperar mucho?

—Segundo y medio de espera. Gracias por haberme consultado.

No había terminado de decir el robot su última palabra cuando empezó a fluir por una celdilla un ruido de aire comprimido. Un casetrífono cayó en un receptáculo. Ciclamen se apoderó de él.

La mandíbula de Noche-Negra se cerró con un golpe seco. Voz-de-Trueno vino a situarse junto al brujo y le susurró al oído:

—¿Qué ha sido de la medicina que acaba de comerse ante nosotros la boca de esta pared?

Noche-Negra se dio importancia:

—¿Qué pasa, Voz-de-Trueno, cuando tú te comes una manzana?

Incrédulo, el jefe fijó su mirada en el casetrífono.

Ciclamen enarboló febrilmente la cajita negra ante su hija.

—Aquí está la fórmula, Reseda.

Pero su frente se ensombreció:

—Falta por saber si entra en nuestras posibilidades fabricar este producto en gran cantidad...

Por su parte, Miosota intentaba seguir el desarrollo de los acontecimientos. De repente propuso:

—Someted a prueba la fórmula en el ordenador de reproducción.

—El ordenador de reproducción, dijo Reseda asombrada. ¿No es él quien consigue en pocos minutos fabricar miles de ejemplares de un producto, si se le suministra un prototipo?

—Sí, asintió Miosota.

Ciclamen tragó saliva con dificultad. El fin tal vez próximo de este combate implacable contra la enfermedad hacía que se redoblara su fiebre. Objetó:

—Miosota, ¿crees que el ordenador de reproducción dispondrá de todos los componentes químicos que entran en la composición de es... de esta *Antigripina*?

—Plantéaselo.

El ordenador de reproducción aspiró silenciosamente el precioso casetrífono. Al momento preguntó una voz:

—¿Cuántos ejemplares queréis?

—¡No!, gritó Ciclamen. Se trata de otra cosa: el casetrífono que acabo de suministraros contiene una lista de productos con unas proporciones determinadas. Son esos productos los que os pedimos que reconstituyáis.

Hubo un débil zumbido. Luego, el ordenador de reproducción preguntó:

—¿Sabéis que yo sólo puedo emplear productos sintéticos?

—Por supuesto, contestó Ciclamen. Siempre que se respeten las proporciones moleculares.

—En ese caso, es posible, prosiguió el robot. ¿Qué cantidad deseáis?

En ese momento Ciclamen se olvidó de que se trataba de un cerebro electrónico. Le vino un viejo instinto de regateo: ¿cómo preparar a los circuitos de grabado para la cifra que iba a anunciarles?

—Una... grandísima cantidad, aventuró tímidamente.

—¿Qué cantidad deseáis?, continuó imperturbable el ordenador de reproducción. Concretad, por favor.

Ciclamen se lanzó al agua:

—¡Doscientas toneladas!

—Eso es posible, prosiguió el robot con una voz neutra. Gracias por haberme consultado.

13. Hacia el mundo exterior

HABIAN pasado varios días...

Bajo la dirección de los especialistas R.D.C., los laboratorios de la Ciudad 4 habían fabricado masivamente los medicamentos encargados por Ciclamen. Los técnicos, con una solicitud conmovedora, dieron a todos los envases una forma igual al envoltorio de origen. Las dosis se habían enviado por los canales de distribución de alimentos. Este sistema de entrega automática, rápido y práctico, fue la causa de un lío enorme: muchos de los paquetes llegaron, inútilmente, a numerosas células de habitación que estaban ya vacías. Igualmente, las cabinas de ducha individuales dispensaron durantes varios días el alimento microvaporizado, mezclado con los gases nutritivos cotidianos.

Poco a poco, los cuerpos recobraron vida, la fiebre fue bajando y, por fin, desapareció. Los técnicos R.D.C. se quedaron admirados de la eficacia del antídoto. No habiendo estado nunca sometidos a ningún medicamento, los organismos reaccionaron muchísimo mejor de lo que se esperaba.

Por fin, las cuatro ciudades del globo comenzaban de nuevo a vivir.

Se despertaban, incrédulas, de un extraño sopor y se preguntaban sobre las causas incomprensibles de esta pesadilla.

Los muertos se contaban por millones. Era muy rara la familia que no había perdido alguno de los suyos, llevado en pocos días por la enfermedad.

Con frecuencia, la *Antigripina* había llegado en el momento preciso para salvar *in extremis* a los moribundos que estaban hacinados en las casas del recuerdo. Un gran número de estos condenados se había salvado gracias a la aparición repentina del remedio. Pero los más débiles sucumbieron.

Antes de desaparecer, algunos filósofos tuvieron una última satisfacción: el mundo no perecería. Otra vez los hombres iban a rehacerse, a ponerse a vivir de nuevo. Quizá no exactamente igual que antes.

Los que se salvaron de la epidemia no tardaron en saber quiénes eran sus salvadores involuntarios: hombres —sí, sí, hombres— que habían venido del mundo exterior. Las emisiones informativas estaban llenas de nombres extraños y de suposiciones inverosímiles.

A la regresión espectacular de la enfermedad sucedió casi en seguida una noticia asombrosa: el aire del exterior era respirable, aunque contenía en suspensión los gérmenes de las antiguas enfermedades. Había individuos que habían logrado sobrevivir fuera de las burbujas durante cuatro mil años.

Los Cheyenes sólo a regañadientes aceptaron quedarse algunos días en la gran ciudad. Alojados en las células de habitación contiguas a la de Reseda, no se sentían a gusto. Lejos de impresionarles, el modernismo funcional de aquellos apartamentos no les producía más que un deseo: el de salir cuanto antes al aire libre, a los bosques, a la llanura... y dejar aquel mundo frío, replegado en sí mismo y que no olía a nada.

La mañana del segundo día, Piernas-Largas aguardó a que Reseda viniera a su célula de habitación. Nada más verla se dio cuenta de que tenía el rostro bañado de lágrimas.

Sonrisa-Tímida comprendió pronto que Reseda sentía mucho dolor. De seguro que acababa de sucederle una gran desgracia.

Piernas-Largas y Sonrisa-Tímida, al mismo tiempo, abrazaron a la muchacha con un gesto de consuelo.

Reseda levantó la cabeza y les dirigió una triste sonrisa para agradecerles al Bravo y a la mujer su solicitud. Fijó su mirada en Piernas-Largas y sólo pronunció una palabra: Ciclamen.

Manos-Cortas cogió a Reseda por el brazo y se volvió hacia la tribu:

—Ciclamen ha muerto, les anunció.

Los Pieles-Rojas inclinaron la cabeza. A la manera cheyene, se acercaron todos y fueron poniendo la frente sobre el hombro de Reseda para demostrarle su sentimiento.

Después de esta ceremonia, corta pero conmovedora, Noche-Negra extendió los brazos hacia adelante para indicar que quería hablar.

—Reseda ya no es una niña. Con la muerte del jefe de su familia se ha convertido en mujer. Todos vosotros tenéis que considerarla como tal. He dicho todo lo que tenía que decir.

Los Bravos dieron una especie de gruñido para manifestar su aprobación. Piernas-Largas no había gruñido con los demás: contemplaba a Reseda con una mirada nueva. La joven tomó suavemente al Cheyene por el hombro y, mirando a los demás de la Tribu, les invitó a seguirla.

Voz-de-Trueno se interpuso con autoridad benévola.

Olvidándose de que se dirigía a Reseda, se disponía a hablar, pero cambió de opinión. Luego llamó la atención de la joven y, con gestos, señaló el horizonte que se perfilaba al otro lado de la bóveda de energía. Respiró ruidosamente varias veces, hizo un gesto de impotencia con los brazos y relinchó imitando a Gran-Caballo.

Con presteza, Piernas-Largas enjugó una lágrima que corría por la mejilla de Reseda sin que ella se diera cuenta. La mirada de la muchacha se detuvo largo rato sobre la del Bravo. Luego dijo en voz baja:

—Qué estúpida soy... Los gestos dicen más que las palabras. Nos entendemos muy bien.

Acababa de comprender que los Cheyenes querían volver hacia sus vastos horizontes. Pero ella necesitaba aún su apoyo, porque tenía que cumplir una tarea triste. Reseda marcó en el tablero del videófono un número. Cuando apareció la cara de Violeta en la pantalla, se preguntó si tendría valor para anunciar a su madre la noticia.

Pero Violeta ya lo había comprendido:

—Puedes estar orgullosa de tu padre, le dijo después de un largo silencio. No ha luchado en vano.

Reseda contenía a duras penas su emoción. Pero no quería mostarse menos valerosa que su madre. Se mordió nerviosamente los labios antes de confesar con un suspiro:

—Mamá Violeta, no pienso volver a la Ciudad 3.

La madre de Reseda se puso muy pálida. En ese momento tal vez no se dio cuenta de lo que su hija había madurado en tan pocos días.

—Mi puesto está aquí, junto a estos hombres que me han enseñado lo que era el mundo exterior, prosiguió Reseda cada vez con voz más firme.

Violeta no sabía qué contestar a esta muchacha que le miraba muy a la cara. Como a disgusto, movió suavemente la cabeza y murmuró:

—Sin duda, Ciclamen habría aprobado tu decisión. Tú sabes dónde está tu deber.

La sala de Consejo interciudades estaba llena a rebosar. Se trataba de una reunión excepcional. Esta clase de debates sólo tenía lugar cuando había que tomar decisiones importantes o promulgar nuevas leyes. Todos los responsables de los Ficheros centrales estaban presentes.

De hecho, estaban reunidas las cuatro ciudades gracias a un hábil dispositivo de multi-tridihalls gigantes. Las cámaras en relieve de las emisiones informativas habían elegido los mejores ángulos para sus tomavistas con el fin de transmitir las imágenes en directo.

En los cuatro rincones del mundo, los quinientos millones que se habían librado estaban pendientes de sus receptores. La algarabía de la inmensa sala cesó bruscamente.

Las caras de todos los responsables se volvieron hacia la puerta de acceso. Por allí hacía una llamativa entrada Reseda, seguida del extraño grupo de hombres que habían venido del exterior.

Hubo algunos segundos de pesado silencio. ¿Qué necesidad tenía Reseda de hacer venir allí a esos extranjeros? Y además, ¿qué pretendían estos seres que habían estado tanto tiempo apartados de la civilización?

Como todos los allí presentes se sentían más o menos deudores de los Pieles-Rojas, aceptaron sin embargo su presencia con un acuerdo tácito. Poco a poco las miradas se fueron apartando de los recién llegados.

Un delegado provisional de la Ciudad 3 tomó la palabra e hizo un balance preciso y más bien sombrío de la situación.

—Pero no tenemos que dejarnos llevar por el desaliento, concluyó. Nuestro amigo Ciclamen, el gran especialista en lenguas P.P.P., ha sido hoy una de las últimas víctimas de la enfermedad; él que, sin embargo, ha sido el principal artífice de la salvación de todos nosotros. Deja tras él una gran lección de valor y de tenacidad. Es cierto que nuestras ciudades salen de la epidemia notablemente debilitadas, pero los que se han salvado tienen la obligación de ponerse de nuevo a trabajar. Hay que...

Un murmullo corrió por la sala... y el consejero se interrumpió lívido: una lámpara de rojo vivo acababa de encenderse en su pupitre, lo que significaba que una de las personas presentes quería tomar la palabra. El orador no recordaba que nadie hubiera interrumpido nunca a un consejero en medio de una frase.

Sin preocuparse nada por haberlo hecho, Reseda se levantó. Se oyeron algunas exclamaciones escandalizadas pero no tardó en restablecerse el silencio. ¿Qué será eso tan importante que tenía que decir la hija de Ciclamen?

Erguida, un poco pálida, soltó como una bofetada:

—¿Ponernos de nuevo a trabajar? ¿Sin duda para volver a lo mismo de antes? ¿Y vivir recluidos bajo nuestras bóvedas, orgullosos de nuestra ciencia e imbuidos de nuestro estúpido aislamiento?

Una gritería horrorizada llenó la sala. Reseda continuó imperturbable:

—Consejero, tú te indignas por verme aquí...

Y, señalando a los Cheyenes:

—...con éstos a los que debemos la vida.

Prosiguió con vehemencia:

—¡Sabía que ibas a traicionar el pensamiento de mi padre! ¿Es que no os ha bastado la lección? ¿Por qué sorprendió la gripe a las ciudades? ¿Es que habíamos descuidado algunas precauciones? No. Al contrario, habíamos tomado demasiadas. En otro tiempo se hizo creer a la población que la naturaleza era hostil. Y, a fuerza de apartarnos de ella, hemos creado nuestras propias debilidades, hemos abandonado el deseo de combatir, la necesidad de vencer. Creímos que hacíamos nuestra existencia confortable y perfecta. Y perdimos la costumbre de vivir.

La nariz de Reseda temblaba.

Piernas-Largas se daba cuenta de que Reseda estaba librando un duro combate. Y, con un simple movimiento de ojos, invitó a los Bravos a que se agruparan en torno a ella. Fortalecida con este apoyo mudo, Reseda prosiguió con nuevos arranques:

—Estos hombres vivían en el exterior. Allí también es posible la existencia. ¡Pero era tan fácil ignorarla! Ellos han conservado el gusto por la curiosidad, por la vida. ¿Para qué creéis vosotros que ha sido hecho el hombre? ¿Para crearse a su alrededor una existencia confortable y tranquila? Estábamos a punto de desaparecer poco a poco bajo nuestras cúpulas de energía. Hoy puede ser el comienzo de una nueva era, si al menos los más valientes de entre vosotros no tienen miedo a enfrentarse a esa naturaleza que durante tanto tiempo os ha asustado.

Reseda apuntó con el dedo hacia el exterior de la ciudad.

—Vosotros pensáis que lo sabéis todo. Pero lo que tenéis es que volver a descubrir todo.

Los Cheyenes se daban muy bien cuenta de que asistían

al punto más reñido de la batalla. Y otra vez gruñeron para hacer frente común con Reseda.

Llenos de miedo y alelados, los responsables se preguntaban unos a otros con la vista. ¿Habían entendido bien el sentido de las palabras de la muchacha?

Piernas-Largas eligió ese momento para poner la mano sobre el hombro de Reseda. Al mismo tiempo señaló el horizonte.

—Los Cheyenes quieren volver de nuevo a su mundo, exclamó Reseda ante el gran Consejo. ¿Quién de vosotros puede decirme la impresión que produce la caricia del viento en el rostro? ¿Y la alegría que es para los ojos sólo el ver una flor? ¿Quién de vosotros ha montado sobre el lomo de un caballo? ¿Quién se ha bañado en las aguas de un río? ¿Quién ha corrido por el bosque hasta perder el aliento?

Mientras decía todo aquello, calmaba la impaciencia de Piernas-Largas apretando sus dedos entre los suyos. En una última reacción defensiva, el responsable de la Ciudad 3 saltó de su asiento y se inclinó al oído del presidente de la sesión:

—¡Hay que impedirle hablar! Piense que en este momento millones de hombres la están escuchando. Y si hubiera bastantes locos entre ellos...

Los hubo. Y muchos.

Como temía el consejero de la Ciudad 3, el discurso de Reseda inflamó al momento la imaginación. En seguida se formaron dos clanes: en el uno, Reseda había reanimado el gusto por la aventura; el otro, agrupaba a los que querían seguir viviendo como antes.

El gran Consejo tuvo que consultar rápidamente a los dos partidos que estaban presentes por el sistema del voto electrónico. Pero como los adversarios no llegaban a desempatar, se adoptó la solución más fácil: a las cinco de la mañana se abriría una brecha en la cúpula. Saldrían los que quisieran.

Se decidió hacer la primera tentativa en la Ciudad 4.

Por medio de los Ficheros centrales se hicieron llamadas de videófono a las cuatro ciudades. Las autoridades querían ponerse en contacto con los técnicos que se habían librado, los únicos capaces de vencer los innumerables problemas que iba a plantear la abertura de una brecha en la burbuja.

Una vez que habían encontrado las fórmulas de los antiguos medicamentos, los temores de la enfermedad desaparecieron. Ahora todos sabían que no había ningún peligro en respirar el aire del mundo exterior.

Sin embargo, algunos irreductibles, convencidos de que este nuevo contacto con la naturaleza sólo iba a engendrar una catástrofe irremediable, se mantenían resueltos en el interior de un minúsculo globo de energía. Tal vez seguirían viviendo durante milenios, recluidos como únicos testigos de la «era de las Burbujas».

Mientras que en el Fichero central crepitaban las conexiones manipuladas por los técnicos que buscaban la fórmula mejor para neutralizar una parte de la bóveda de energía, los Cheyenes, impacientes, estaban ya en el lugar. Piernas-Largas se mantenía erguido al pie de la cúpula, con Reseda a su lado.

Noche-Negra había experimentado siempre una cierta aprensión ante la pared translúcida de la Gran-Choza. En pie, con la mirada hacia arriba, la contemplaba con un interés mezclado de inquietud.

—¿Y la Caja? ¿Qué hacemos con la Caja?, preguntó bruscamente Manos-Cortas.

Noche-Negra se volvió hacia él.

—¿La Caja?, dijo como si saliera de un sueño.

—La «Supervivencia del Pasado», si prefieres, añadió un tanto extrañado Manos-Cortas. Madera-Seca y yo la recuperamos después de que Ciclamen dio a comer su contenido a la pared-que-habla.

Tambor-Misterioso dio un paso hacia delante. Señaló con el dedo la Caja que estaba en el suelo y preguntó a quemarropa:

—Noche-Negra, ¿tenemos que seguir venerando la Caja ahora que ya no contiene la medicina?

Atacado por todos los flancos, el brujo frunció el ceño y una sonrisa sarcástica apareció sobre su cara rugosa:

—Me extraña mucho, Tambor-Misterioso, que un Bravo de tu valentía plantee semejante cuestión. Los antepasados habían concebido la Caja para acudir en ayuda de los hombres. Mientras ella era un todo compacto, tenía derecho a nuestra adoración. ¿Vamos a dejar de venerarla so pretexto de que una parte de su sustancia ha salvado a los seres de la Gran-Choza? ¿No es ésa la prueba de su poder mágico?

Piernas-Largas se agitó y sus palabras fueron cortantes como el hacha que colgaba de su cintura:

—Vamos, Noche-Negra, no tergiverses las cosas: la Caja de los antepasados ha cumplido su misión y tú sabes mejor que nosotros que ya no hay nada que adorar en ella.

Bajo la presión de las ideas que daban vueltas en su cabeza, la voz del joven Bravo estalló como un trueno:

—Viejo, no volvamos a empezar con nuestros errores pasados. Ya han pasado los tiempos en que vivíamos con el temor de los monstruos del bosque. ¿Qué quieres inventarte ahora para asustar a Tambor-Misterioso y a todos los que se beben tus palabras?

—¿Y la Tradición, Piernas-Largas?, sollozó el brujo. Según tu parecer, ¿habría que pisotearla?

Acordándose de cierto Consejo que tuvo lugar delante del Monolito-de-las-Grandes-Cosas, Manos-Cortas se puso del lado de Piernas-Largas.

—¿Y qué le pasará al que quebrante la Tradición? Ese temor institucionalizado por los viejos miedosos de nuestra tribu, ¿es que va a hacer temblar aún hoy a los Seres-Humanos? ¿Habla la Tradición de una Gran-Choza, de un Pájaro de Plata? Sólo las profecías de Noche-y-Día nos habían permitido entrever estas verdades. ¡Y tomábamos a este Bravo por loco!

El viejo iba a bajar la cabeza, pero le ahorró esa vergüenza un suceso formidable: un ruido polarizó la atención de todos. Acababa de abrirse un orificio claro en la pared brumosa. El paisaje exterior apareció en toda su deslumbrante claridad. Un viento cargado de olores extraordinarios se precipitó dentro de la ciudad.

Por encima de los Seres-Humanos pasó un murmullo semejante a una ola. Piernas-Largas dio media vuelta. Se extrañó de ver a la muchedumbre que se había agolpado detrás de la tribu. Luego, él se volvió hacia la llanura pedregosa. Al unísono con todos los Seres-Humanos, aspiró el aire con delicia. Deslumbrado, puso la mano en forma de visera encima de sus ojos.

A lo lejos, se dibujaba la línea imprecisa y verde del bosque.

El Bravo se acercó a Reseda. Su mirada se deslizó por la llanura y vino a posarse en la de la muchacha. No tuvo necesidad de palabras para darse cuenta de que ella quería seguirle.

Piernas-Largas sintió que le subía a la garganta una oleada de alegría.

Como si quisiera tomarlos por testigos, se volvió hacia los Bravos y declaró:

—Será mi mujer.

Por la abertura de la cúpula veían a Noche-y-Día y a Doble-Luna que les hacían señas. Reseda franqueó con gravedad los límites de la cúpula de energía, llevando tras de sí a Piernas-Largas y a los Indios.

A lo lejos, relinchó un caballo.

En la ciudad había miles de personas que miraban, latiéndoles el corazón, al grupito que se alejaba en dirección al bosque. Miles que dudaban aún.

Por fin, uno de ellos se adelantó y, con un gesto tímido pero definitivo, puso el pie en el mundo exterior.

Al salir de la Ciudad 4 el último hombre, tropezó con un objeto: en su prisa por llegar pronto al bosque, los Indios habían olvidado la Caja...

ÍNDICE

Colección GRAN ANGULAR

64 / *Albert Payson Terhune,* **Lad, un perro**
65 / *Othmar Franz Lang,* **El camino del arco iris**
66 / *Suzanne Sens,* **Hijo de Meteco**
67 / *Montserrat del Amo,* **La encrucijada**
68 / *Jordi Sierra i Fabra,* **El testamento de un lugar llamado Tierra**
69 / *Helen Keiser,* **La llamada del muecín**
70 / *Lene Mayer-Skumanz,* **Barro entre las manos**
71 / *Alessandra Jesi Soligoni,* **La herencia de los Bisnenti**
72 / *Sigrid Heuck,* **El cazador de la luna**
73 / *Tilman Röhrig,* **Quizá dentro de 300 años**
74 / *Leonor Mercado,* **Cuaderno de bitácora**
75 / *Carlos-Guillermo Domínguez,* **Sosala**
76 / *Anke de Vries,* **Cómplice**
77 / *Jordi Sierra i Fabra,* **El último verano miwok**
78 / *Scott O'Dell,* **El quinto real**
79 / *Jordi Sierra i Fabra,* **El joven Lennon**
80 / *Bo Carpelan,* **Delfines en la ciudad**
81 / *Isolde Heyne,* **Cita en Berlín**
82 / *Juan M. San Miguel,* **Alejo**
83 / *Federica de Cesco,* **El caballo de oro**
84 / *María Gripe,* **Aquellas blancas sombras en el bosque**
85 / *Tie Ning,* **La blusa roja sin botones**
86 / *Jan Terlouw,* **Barrotes de bambú**
87 / *John Hooker,* **El capitán James Cook**
88 / *Carlos Villanes Cairo,* **Destino: la Plaza Roja**
89 / *Alison Morgan,* **Los ojos del ciego**
90 / *Miguela del Burgo,* **Adiós, Álvaro**
91 / *Andy Tricker,* **Voy a vivir**
92 / *Thomas Jeier,* **El apache blanco**
93 / *Jordi Sierra i Fabra,* **Shakanjoisha**
94 / *Urs M. Fiechtner,* **Historia de Ana**
95 / *Fernando Lalana y Luis Puente,* **Hubo una vez otra guerra**
96 / *Rodrigo Rubio,* **La puerta**
97 / *Alfredo Gómez Cerdá,* **Pupila de águila**
98 / *Carlos Fiances,* **Jaque a la deuda**
99 / *Liva Willens,* **A veces soy un jaguar**
100 / *Jordi Sierra i Fabra,* **La balada de Siglo XXI**
102 / *Fernando Lalana,* **Morirás en Chafarinas**
103 / *Gemma Lienas,* **Así es la vida, Carlota**
104 / *Josep Francesc Delgado,* **Las voces del Everest**
105 / *Emili Teixidor,* **El soldado de hielo**
106 / *Carlos Villanes Cairo,* **Retorno a la libertad**
107 / *Sheila Gordon,* **¡Ni una hora más!**
108 / *Alice Vieira,* **Ursula**
109 / *María Gripe,* **Carolin, Berta y las sombras**
110 / *Juan M. San Miguel,* **Cerco de fuego**
112 / *Carlos Puerto,* **Akuna matata**

Edición especial:

101 / *Michael Ende,* **El ponche de los deseos**
111 / *Joan Manuel Gisbert,* **La noche del eclipse**
113 / *Jordi Sierra i Fabra,* **El último set**